心靈覺醒之
隨緣隨筆

生活翦影

龍影生母(左)與義母生前如姊妹對龍影有生養與教導之恩。

龍影夫妻每回芎林故鄉，也會陪母親至其弟有山之山珍農園休閒一番。

龍影生母常喜至苗栗山城百坪靜園教導龍影如何墾地種菜。
(右為龍影之弟有山)

龍影之義母與誼姐偶會來苗栗看望龍影，並與龍影合照。

今年(民國 110 年
是龍影之岳母柯
106 歲冥誕。

龍影至親之舜嫂多年前來苗栗，龍影陪至獅潭仙山一遊。

今年(民國 110 年)是龍影之義母
玉英 103 歲冥誕。

龍影年輕時與其堂兄有瑩(左)交情甚篤，受他鼓勵及影響甚多。

台銀總行政風處孔處長憲台，請龍影召集其摯友於台北市 大三元餐廳共敘合影。

龍影引薦其企業家堂弟(中)至三義 中華藝品館與負責人黃吉盛(右二)及徐群星將軍(右一)認識(左一為何總)。

龍影摯友前國立台灣戲曲學院 張瑞濱校長伉儷，於年初六專程至苗栗拜訪龍影並合影。

民國109年龍影府上之「台灣官姓宗親顧問團」會館隆重揭牌，其至親摯友代表前往觀禮。

龍影摯友吳坤德將軍(右)退役後，轉而研發陶藝，雖只兩三年時間，其成果極是驚人，今年將與其友人於台北聯展。

去年春，龍影四十年老友，前慈濟大學 人文社會學院林安梧院長(左)蒞山城訪龍影並致贈墨寶二幅。

▶台銀總行政風處孔憲台處長伉儷(右)首度蒞臨山城拜會龍影(左一為龍影堂弟政鈞)。

龍影返故鄉芎林偶會探視其恩師，藝文界孔昭順大師，並靜聆大師之開示與教誨。

龍影夫妻每回故鄉芎林多會前往竹林別墅探望其小學校長，年均已九五高齡精神矍鑠的(右)校長賢伉儷。

鼎數位出版有限公司 廖董事長(右
)、王總經理，母女堪稱出版界女
人，龍影夫妻與其合作多年。

龍影身兼台灣官姓宗親顧問團聯誼會會長，去年二月初帶團至馬來西亞 沙勞越州，與當地宗親聯歡晚會並代表台灣團致感謝詞。

龍影去年七十壽誕時，其宗親顧問團代表前來苗栗祝壽，並備禮先在佛堂前供奉膜拜(左至右：大煊、有沐、有河、有文、龍影)。

灣官姓宗親顧問團男性宗親們於貓街雕像前合影，一副雄糾糾、氣昂昂神態。

有沐宗長伉儷(右)與有文宗長伉儷(左)對龍影關愛有加。

龍影《承擔與放下》新書發表會，
中國國民黨 苗栗縣黨部李錦松主委
台致詞，對龍影勉勵有加。

龍影夫妻返故鄉芎林特別前往芎林國小拜訪孟繁明校長，並贈書留念。

龍影夫妻特邀好友林英梯處長(右)
林靜琳主任(左)返母校芎中，拜會
俊銘校長並致贈作品留念。

龍影七十壽誕，與其知心的宗親與摯友餐後於苗栗 官氏會館合影留念。

龍影返故鄉芎林，特別拜訪多才多藝
老同學莊興惠校長並獲其贈書留念(
後均為其傑出畫作)。

龍影車禍休養期間，詩人靜雲帶其母前來探視，以表關懷之意。

龍影偶會到獅潭鄉尋幽探勝，並前往桂橘園民宿拜會前興華高中代校長黃榮宗先生伉儷。

龍影經常會至公館鄉拜會請益劉炳均大老伉儷，獲益良多。

龍影好友徐鑫星個性豪邁、孝順父母並樂於助人，偶會品茗論事、欲罷不能。

龍影夫妻每到台北兒子家，最得意的是含貽弄孫，教三位孫子女背唐詩。

龍影夫妻陪寰宇多元文化教育發展協會 費理事長至亞太技術學院宣導並與古志賢組長、劉主任合影。

民國 109 年春節龍影全家福留念。

民國100年龍影榮獲中國文藝獎，由前文建會林澄枝主委授獎。

民國101年龍影至中國山東省棗莊學院講學，由胡小林校長頒「榮譽教授」聘書。

民國95年龍影榮獲東吳大學中文系傑出系友，由劉兆玄校長頒贈講座。

民國101年10月龍影榮獲美國世界藝術文化學院榮譽文學博士(中為楊院長允達)。

前全國彭姓宗親會 彭紹賢總會長（左）與龍影交情甚篤，參與發表會後合影留念。

龍影《承擔與放下》新書發表會後與誼弟偉洲、長鑫及誼妹錦芳合影留念。

吳啟瑞先生（左）目前是警政署警政督導也是警界詩人，與我龍影一見如故、相談其歡，特別撥冗參加新書發表會，並合影留念。

《承擔與放下》新書發表會，前台師大國文系傅武光主任對龍影多所嘉勉。

龍影夫妻為請李喬大師（中）為《承擔與放下》一書寫序，特別親臨其府，並致送三本作品請大師指示。

龍影夫妻（左）與英梯伉儷（中）相約至摯友恭（右）老家一遊，並於屋後一棵古樹下合影。

穀保家商 鄭學忠校長與徐秋旺主任(中)及
影皆為多年好友，鄭校長賢伉儷蒞苗
，龍影與徐主任特別安排至明德水庫
遊。

張瑞濱校長(中)任國立國父紀念館館長時，龍影伉儷帶二位女兒及台大 郭玉華教官前往拜會。

影自苗栗縣 丹心桌球俱樂部
退，當時邱宏達會長(中)與
劉源順會長(右)及全體球友
贈獎座歡送。

竹苗友緣桌球俱樂部成立十年，幾位召集人聚在一桌、歡樂一堂。

◀ 龍影特別引薦前台師大 李春芳教授(中)至和平東路洪安峰教授辦公室一敘，三人亦師亦友，相談甚歡。

龍影《浮生漫語》座談會於台北 中國文藝協會召開，會前與商鼎數位出版公司 廖董事長(右二)，作家琦香(左二)及名書畫家官大欽(右)合影。

多年前龍影陪王國慶主任(右)至後龍拜訪病中的李明儒議員(中)。

龍影長女怡嫺(右二)通過台大中文所碩士口試後，與指導教授曾永義大師及龍影夫妻合影於台大校園。

龍影邀劉森泉將軍(右三)林英梯處長至中國文藝協會賽桌球，賽前與王吉隆理事長(中)合影。

◀朱言明教授(
三)任明新科大
文社會學院院長
幾位同事蒞苗一
龍影特別抽空作

流乍至，低溫攝氏四度，前新竹市警察局主任秘書簡泗燦(後右三)與親友們同往投縣信義鄉 東埔溫泉泡湯，合影留念。

永義大師(前左二)於台大 鹿鳴樓邀請國文藝協會 王吉隆理事長(前右二)龍及幾位摯友共敘後合影。

龍影隨中國文藝協會 王理事長(左三)一行人至中國 河北文藝交流，並於承德市避暑山莊合影。

台高中教師桌球代表隊參加弘光盃全國桌賽，成績輝煌賽後合影。

2021 年清明節回新竹 芎林掃墓留影。

龍影同鄉羅悅玲老師於台北書法聯展時，龍影夫人及森妹、錦芳、秀珍前往捧場。

台北市 雅情四姊妹(左至右：秀珍、
嬌、錦芳、天琪)每聚會總有說不完
話，感情深篤，令人羨慕。

龍影《坐看雲起時》新書發表會，古箏大師費洪桂小姐特別彈奏古箏助興。

新竹縣 陳鴻鑑桌球教練伉儷及其小
蒞臨苗栗 木鐸山莊拜訪龍影，龍影
別致贈作品，並合影留念。

苗栗縣首任中小學校長聯誼會會長張捷茂校長(左)是龍影 東吳大學學長，同樣對新詩有濃厚興趣。

十年前龍影與幾位桌球好友，特別前
往中興興村拜訪桌球前輩張俊生(
二)主任伉儷並合影。

影宗弟官政哲博士（右）升警政署副署長，龍影往祝賀官副署長特別致「關羽」塑像並合影。

龍影與原上校（右）結拜二十餘年，情義相挺，令人欽羨。

影小兒俊良大學畢業，龍影夫特別到校觀禮，並合影留念。

龍影夫人與外孫子宸在會館百坪靜園中，充分享受田園之樂。

龍影購地百坪名為「靜園」首期收穫大冬瓜，如今雖已易主，但回味無窮。

傳序

這是龍影先生第二十本散文創作集，讀之，頗為敬佩，亦頗有感焉。

今年農曆大年初二，春暉燦爛，攜孫子與孫女遊新竹公園。

值園內櫻花盛開，蜿蜒成排，環繞著孔廟。這一區可謂是新竹最美的地方。有麗池當鏡，綠茵作毯，又有貞松喬木，濃蔭可歇。重新整治之動物園，只有疏籬圈隔，高不逾胸，不入園亦可與園內之群猴相望。

孔廟亦經多時整修，重新開放。潔淨清幽，陳設井然。我攜二孫入拜，抬頭即見「有教無類」匾額，頓時肅立動容，胸懷澎湃，深體太史公司馬遷於《史記．孔子世家》引《詩經》：「高山仰止，景行行止」之用意。由此確認史公的閎識孤懷—是他，在濃重的道家政治氛圍中，獨識孔子才是萬世宗師；是他，獨識立國傳家的靈魂在道德；是他，獨識道德才是政權轉移的天命所在！

太史公在世的年代，漢文帝的竇皇后還在，身分已是太皇太后。計她當皇后二十三年，太后十六年，太皇太后六年，凡四十五年。這位皇后，《史記．外戚世家》說她「好黃帝老子言，帝（指文帝）及太子、諸竇，不得不讀黃帝老子，尊其術。」竇后既酷愛老子，直接影響到漢文帝，故漢文帝即以老子的智慧應付吳王濞蠢蠢欲動之心，終文帝之世，化隱患於無形。漢景帝在其母親之教育下，也深信老子學說，整個朝廷瀰漫著濃濃的道家氣息。一日，他叫老子學家黃生，跟詩經學家轅固生辯論「湯武是弒君還是革命？」結果黃生輸了，落得景帝很沒面子，只好出面打圓場。竇太后則很不客氣，問轅固生「老子書怎麼樣？」轅固生冷冷地答說：「那只是諸子百家學說罷了！」（意思是「哪能跟我詩經的王官學來比呢？」）竇太后聽了大怒，居然命他到豬圈裡和豬搏鬥。

另外，《史記．儒林傳》記載御史大夫趙綰和郎中令王臧都是詩經學家，建議國家大事不要向太皇太后奏報，結果雙雙被下獄，皆自殺。在這樣老子當道的年代，史公之父司馬談寫〈論六家要旨〉時，也不得不抬高道家的身價，而把它說得盡善盡美。而孔子所代表的儒家，經秦始皇焚書坑儒之後，早已奄奄一息。

但是，太史公一秉他所學，認定孔子才是承先啟後，為天地立心，為生民立命的大聖。如今歷千年而彌著！須知，在那樣的政治氛圍下，需有多大的智慧和多大的勇氣才能做出這樣正確的判斷！

行文至此，似乎寫遠了，與龍影先生的散文集何干？其實我要說的是：做一個學者或作家，須有獨立思考的能力，和透視真理的睿識，作品才有傳後的價值。可是我讀到很多近人的詩文，雖然以言情敘事為主；但都不免涉及政論，而作者卻又沒有太史公的閎識洞見，只是「從俗浮沉，與時俯仰」

（太史公語），故所論只有立場，沒有是非。甚至於弱智到面對天使與撒旦、民主與極權，都沒有能力分辨與抉擇！這樣的著作，時過境遷，自然露出破綻，哪能「成一家之言」呢！我也是偶會寫寫詩文的人，常以此警惕自己，勉勵自己。今讀龍影先生的著作，包括之前所有文集，行文立論，皆中正和平，不偏不倚，足以嘉惠學子，扶持名教，有功於社會、國家。

我與龍影先生，緣份匪淺。我在師大教書，他與夫人柯淑靜女士雙雙在師大讀書，自然形成了師生關係。後來他們的千金官怡嫺小姐也考上了師大國文系，也做了我的學生。一門三秀，與我共硯同窗，也算是一段文壇佳話了。再者，我們兩家的老家，同在芎林鄉的頭前溪畔，相距只有兩千公尺。小時候讀同一所初中，師事同一群老師。因為這樣親密的關係，龍影先生一有文章，我總能率先捧讀。一旦受邀作序，我也從不推辭，這篇已是第三篇了。該肯定、該讚美的話幾乎都說過了，所以只好另找話題，把我讀《史記》

而有感於司馬遷閎識孤懷的心得寫在前頭，充作本序文的內容。從知我對龍影先生是知無不言，言無不盡的。

傅武光

二〇二一年二月十四日

本文作者：傅武光。前國立台灣師範大學國文系教授、主任、所長，著有四書總義著述考、孔孟老莊思想的平等精神、論語著述考、新譯韓非子、唐宋詩舉要精選今注、新譯左傳讀本（上）等等，是多少多藝也是學術著作等身之名教授。

李序

與摯友官有位老師結緣於個人在「華視新聞廣場」節目的台上參與「教育議題」的辯論，爾後有位兄進入台灣師大修習教育學分，個人有幸擔任「教育原理」課程，遂有師生之誼。其後至台北市開平中學，苗栗建台高中參與老師們分享教育心得，均由有位兄陪伴。個人曾至木鐸書齋造訪，球敘、砌壺醒茶、相談甚歡。

有位兄筆名龍影，大學主修中文，長於散文，新詩作品散見國內報章雜誌，勤於筆耕，並出版龍影文集二十冊，並創辦「龍影文訊」季刊，廣邀親朋好友投稿，共享心得。有位兄為人誠懇、熱心公益、亦經常針貶時事，國家大事，是性情中人。曾獲中國文藝獎章，竹東高中、東吳大學傑出校友，中國山東棗莊學院榮譽中文教授，美國世界藝術文化學院之榮譽文學博士，現為中國文藝協會理事，中華民國新詩學會理事，龍影文訊季刊社社長，台灣官姓宗親顧問團聯誼會會長，成就斐然。

時值有位兄《心靈覺醒之隨緣隨筆》即將出版問世，有幸先行拜讀，由文中可以窺其一生的心路歷程。內文貼近台灣的政治、經濟、社會、文化及庶民生活，描繪細膩、生動、感人肺腑。文筆洗鍊，既有詩情，更富哲理、耐人尋味。以及他年歲漸長後的修身養性與頓悟。所謂：「片紙能縮天下意，一筆道盡古今情」。

個人與有位兄的相識貴在有緣，相知貴在知心。所謂：「歲月流逝、物換星移；物緣有盡、心誼長存」。放下執著的追求，放慢人生的腳步，人生每一段經歷都很珍貴。人生不遠、生命不長，珍惜每一步，過好每一天，缺憾有時比圓滿更美。只有追求真實和永恆的智慧，才是人生最深刻的「心靈覺醒」。值此本書即將出版，特為之序。

李春芳

二〇二一年一月十一日

本文作者：李春芳。前國立台灣師範大學教育學系教授、中國文化大學師資培育中心主任，學術專業為教學原理與方法、班級經營、教育實習、教師成長訓練、課程與評鑑等，不僅積極從事學術研究、曾應邀至台大醫學院、台灣師大、高雄師大等……二十五所大學專題演講。

林序

「自題五柳先生傳，任指孤山處士家」：龍影《隨緣隨筆》代序

友人龍影先生的《隨緣隨筆》要出版了，何其嘉善，何其美事也。

隨緣而起，因之而筆，我筆寫我口，我口說我心，我心如我感；感其意味，體其意韻，明其意義也。就有一種「源泉滾滾，沛然莫之能禦」的動能，綿綿若存，生生不息。生活世界無處不是寫作的泉源，可以說是不擇地皆可出，鑿通了，泉水就汩汩而出了。心神收攝，筆力落實，「行於所當行，止於不可不止」；如此一來，隨緣而來，也隨緣而去，來去自如，卻有不變者在焉！此不變者，天地之性、自然之情，人間之懷抱也。

「隨緣不變，不變隨緣」，本是佛教話語，卻也是人間真實。能隨緣，便得從容，能不變，就得自在。龍影先生自在從容，信筆所之，便成文章。寫自家身心事，寫夫妻感情事，寫家庭人倫事，寫兄弟朋友事，寫家國社會事，寫天地生生事。隨緣隨筆，自然中有覺性，覺性中有感動，感動中有真情，如此真情，肺腑流出，自成文章。這樣的寫作，何等悠游，何等美善。說真的，要「吟成一個字，捻斷數根鬚」，這一定是強調的說詞，寫作是快樂的，寫作是自在的，寫作與其說是一種工作，毋寧說那是極富創意的遊戲，夫子所說「游於藝」是也。

夫子說「志於道，據於德，依於仁，游於藝」，這是從本源往下說，這是總提的說，根源的說，若是生活中的寫作，則不離生活世界，不離具體的覺知，不離實存的感悟，這是由「游於藝」，反溯其源而「依於仁」，而「據於德」，而「志於道」也。「道」是根源，「德」是本性，「仁」是感通，「藝」是悠游，是悠游，便得涵泳，悠游涵泳，咀嚼之、消化之，長育了我們的身、我們的心，也開通了我們的靈。生命有了氣力，生活有了動能，感之有味，體之有韻，隨緣隨筆，就這樣開始了，持續了，完成了。「始作，翕如也，從之，純如也，皦如也，繹如也，以成。」真如演奏樂章一樣，剛開始演奏的時候，翕合無聲，慢慢縱放開來，純粹悠揚，亮麗明達，綿綿不絕，生生不息，始終貫徹，終厎於成。

華夏文明傳統，有的是豐厚的人文風景，有著「天行健，君子以自強不息」，「地勢坤，君子以厚德載物」的天地丰姿，寫作可以說是我們先民的習慣，就在田間的小徑，小徑邊的小土地公廟，供著「福德正神」，寫著嵌名對聯，「福德福由德，正神正是神」，簡素樸潤，這就是寫作，這裡有的是天地的性情、人間的美好。農村老宅，門聯寫著「一等人忠臣孝子，二件事讀冊耕田」，這就是寫作，這裡有的是人倫孝悌的溫潤，以及家國天下的情懷。

寫作無所不在，文明無所不在，只是現在的教育太重工具性、目的性，讓我們眼睛眩惑，心神茫然，不知何者為寫作，不知何者為閱讀，真是可惜了。須知：華夏民族有一偉大的在地性、本土性傳統，接地氣、通天道，入本心，通達於四體，遍及於八方。我們的文明一直有著「讀書人」的傳統。這「讀書人」，他從關心地方的讀書人，所謂的「處士」是也，到關心國族復興、施政策略的讀書人，所謂「國士」是也，到關心天下興亡，文明傳遞的讀書人，所謂「天下士」是也。不論處士一方，或是國士無雙，甚至是舉世聞達的天下士，皆乃士也，都是讀書人。士人，要讀書、到寫作，要教化，要覺知，我們說他們是天地間的良心。特別是處士一方，看是平淡，卻是文明接續、世代相傳，最重要的薪傳者、點火者、照亮者。

猶然既起，年少遊玩，常在阿罩霧的林家萊園閒逛，園子清雅，花木扶疏，小小的門，門上有副對聯，聯曰「自題五柳先生傳，任指孤山處士家」，這裡用了典故，引了陶淵明、說了林和靖，這兩人都是愛寫作的地方型讀書人，但不只是地方型的，他們都能獨與天地精神相往來，他們既是處士，也是天下士。我所知者，龍影的寫作，看是「處士」，卻也是「天下士」也。龍影者，其猶龍耶！是為序！

辛丑即至，二〇二一年一月廿四日安梧寫於台北元亨居

本文作者：林安梧。宗教學家、哲學家，台灣大學第一位哲學博士，曾任清華大學教授暨通識教育中心主任、台灣師範大學國文學系教授、中央大學哲學所教授、上海同濟大學講座教授暨中國思想與文化研究院院長，北京大學客座教授、廈門大學國學院客座教授、慈濟大學人文社會學院院長、宗教與人文研究所所長，元亨書院創院院長，山東大學儒學高等研究院傑出海外訪問學人。

自序

筆耕了三十多載，累積匯集了自己的生命，每一階段的經驗與驚喜，也拾遺了不少文創者的智慧，讓自己的作品能結合各世代多元的思維而蛻變，也希望自己的作品在生活中能找到可用的素材，再加以點綴，使它似音樂、藝術一般能活化文學的堆砌，讓單純的文學小品更能有韻律與節奏感，讓人有喜歡閱讀，進而會探討我個人寫作的底蘊與內心世界。

這本《心靈覺醒之隨緣隨筆》書名，感恩眾多文友投票勝出，過去十九本拙作中自己總覺得被某種傳統的思維所框架，無法放任地暢所欲言，不少作家前輩、稱我為「生活作家」，我理念是堅持人生的「真善美」，在真實的生活世界中，才能發覺到自己的「真心」作品，不但要對讀者負責，更要對自己良知良能負責，我們的社會充滿了光明面與黑暗面，記者或作家需要考慮到平衡報導或寫作，這需要道德勇氣，而不能只是一味地歌功頌德或攻訐抹黑。

這本《心靈覺醒之隨緣隨筆》是我繼前年發表的《承擔與放下》一書的後續作品，隨興而寫、隨緣而作，書中描寫平實而真誠，希望文友能似喝下午茶一般，悠閒清淡地品嚐這本小品，為便於文友之閱讀，我將此書分類為（一）生活剪影；（二）龍影年表；（三）散文（分六輯、第一輯健康的身心靈、第二輯芬芳的鄉土味、第三輯正義的青天筆、第四輯生命的啟示錄、第五輯普世的價值觀、第六輯慈悲的菩薩心）。（四）新詩（八首小詩）；（五）附錄（一）廣東省 潮州府 惠來縣 尖石鄉 官代世系表、（二）航台始祖汝光公派下九大房世系表）。

感謝商鼎數位出版有限公司，廖雪鳳董事長、王銘瑜總經理母女在出版我《台灣官氏族譜》典籍巨著後，復專心再出版我夫妻《心靈覺醒之隨緣隨筆》、《芳草年年綠》兩本精美散文集，誠屬不易。

感恩前國立台灣師大國文系教授、主任、所長、傅武光博士，前國立台灣師大教育系教授、文化大學師資培育中心主任、李春芳先生，兩位恩師及前國立清華大學通識教育中心主任、前國立台灣師大、國立中央大學國文教授、前慈濟大學人文社會學院長、林安梧摯友，以他們的學術專長，分別為我這本《心靈覺醒之隨緣隨筆》贈序與推薦。

如沈從文文學大師所言：「寫作可以自我療癒」。我長久以來有感於身心靈病了，唯有藉寫作來治癒自己，長期以來更感激文友與摯友一路相陪、一心相挺，使我多年的寫作生涯更獲得附加值的榮耀，也企盼我多年的文友能不變初衷，繼續給我鞭策與鼓勵。

龍影筆于二〇二一年三月一日 山城鐸木書齋

龍影年表

一、民國三十九年：

出生於中華民國台灣新竹縣芎林鄉十股林官屋。

二、民國四十七年至民國五十二年：

就讀新竹縣關西國校，碧潭國校、屏東縣潮州國校再回芎林寄讀碧潭國校。

三、民國五十二年至民國五十六年：

就讀新竹縣芎林初中，初二未參加英、數補考，留級重讀一年（命運轉折）。

四、民國五十六年至民國五十九年：

就讀省立竹東高中，於竹東青年校刊發表第一篇散文「安息吧！妹妹」。

五、民國五十九年至民國六十三年：

就讀東吳大學中文學系，陸續投稿東吳半月刊及大學詩刊。

六、民國六十三年至民國六十五年：

服役馬祖甄選錄取甲組政治教官。

七、民國六十六年六月二日與妻淑靜結婚。

八、民國六十七年至民國七十三年：
生養教育長女怡嫺、次女怡君、長男俊良。

九、民國六十六年至民國七十八年：
服務中國國民黨苗栗縣黨部，先後擔任苗栗縣黨部專員、視導、代組長及銅鑼鄉、獅潭鄉、通霄鎮黨部等主任職。（接受過台視熱線追蹤及復興廣播電台訪問）。

十、民國七十八年至民國八十一年：
服務新竹縣東泰高中，苗栗縣育民工家高職，擔任教師，校長秘書、主任等職。

十一、民國八十一年至民國八十三年：
（一）服務台北市開平高中，擔任校長秘書、主任等職（上過華視新聞廣場）。
（二）就讀文化大學中山學術研究所。

十二、民國八十三年至民國一○一年：

（一）服務苗栗縣建台高中專任教師，擔任苗栗縣救國團時事宣講員，及說話藝術與實作技巧講師十年。

（二）就讀國立台灣師大暑修國文研究所（民國八十七年至民國九十年）

十三、民國七十六年至民國七十九年出版尋根與思源、離島零縑。

十四、民國八十二年至民國八十五年出版心之航、山城小品，飛躍青春、孤鴻映雪。

十五、民國八十六年至民國九十年合編客家語試用本（教育部）國小客家語讀本（光復書局）。

十六、民國八十六年至民國八十七年出版木棉花的呢喃（新詩）、真情無悔（新詩）。

十七、民國九十年至民國九十四年出版龍影文集、呼喚與吶喊、鄉之情、真情無悔（新詩）。

十八、民國九十七年至民國九十九年出版坐看雲起時、一樣月光兩般情。

十九、民國一〇〇年至民國一〇一年出版親恩情深、浮生漫語。
二十、民國一〇三年出版牧心集（新詩）、逆風擺渡。
二十一、民國一〇六年出版七十回顧集（上）彤霞鴻飛。
二十二、民國一〇八年出版七十回顧集（下）承擔與放下。
二十三、民國一一〇年出版心靈覺醒之隨緣隨筆。
二十四、共計出版拙作二十本，辦理十次新書發表會。

榮譽：

一、國防部青溪文藝金像獎。
二、全國私教協會頒全國模範教師獎。
三、行政院青輔會、聯合報合辦社會服務徵文獎。
四、台灣省教育會（化雨春風）文藝獎。
五、東吳大學、竹東高中、芎林國中、碧潭國小傑出校友獎。
六、台灣官氏傑出優秀人才名人錄。

七、民國一百年榮獲中國文藝獎章。
八、民國一〇一年獲聘中國山東省棗莊學院榮譽中文教授。
九、民國一〇二年榮獲美國世界藝術文化學院榮譽文學博士。
現任：
一、中國文藝協會理事，中華民國新詩學會理事。
二、龍影文訊季刊社社長。
三、台灣官姓宗親顧問團聯誼會會長。
四、龍影文藝寫作研究坊負責人。

目次

生活剪影
傅序　傅武光　所長
李序　李春芳　主任
林序　林安梧　院長
自序　官有位（龍影）
龍影年表

1 散文

第一輯　健康的身心靈

我的生日……5
面對未來……8

我的病歷……10
我的婚姻緣……13
統御的心思……16
眼疾手術……18
距離感……20
揮別堂弟……23
社區鄰居……26
家有賢妻……29
談走路健身……32
天佑台灣……34
寫作風格……36
獮猴與觀賞雞……38
長壽要健康……40

第二輯　芬芳的鄉土味

純純的戀……45
風的敘述……50
喜宴之後……52
台北二三事……54
懶散如我……56
故鄉老家行……58
元旦有感……61
化雨春風後……63
小龍往生……66
今年年味……69
尋親與交流……71
我思我行……75

苗栗模範母親－－詹美鳳女士……78
孟春踏青去……81
單純的回首……84

第三輯　正義的青天筆

生命歸程……89
今春的心思……92
家居隨筆……94
淺談疫情……96
勉力而為……98
轉念放下……101
眼疾之苦……104
筆指青天……106
我心我願……108

今人說古……110
我的桌運史……113
會館掛牌側記……117
淺談閱讀……119
清明隨筆……122
雨天抒懷……125

第四輯　生命的啟示錄

真假的哭泣……129
因緣敘當年……132
往事難追憶……136
疫情有感……139
生命的啟示……141
山城小記……144

道法自然……146
自我反思……149
種菜養生……151
驚嚇的一天……153
個性與脾氣……155
智慧與文化……157
我的教授摯友……159
交友之我見……164
如何稱謂……167

第五輯　普世的價值觀

淺談糖尿病……173
悼念恩師－－王冬珍教授……176

讚我官姓人家……180
紓解孤寂……183
憂鬱症……186
閃耀星光……189
低格的霸凌……191
再訪芎中……194
人生粹鍊……197
正本與清源……200
夢「過零丁洋」……204
人際關係……206
中元節之思……209
感應的經驗……211
母親之淚……218

第六輯　慈悲的菩薩心

心中那把土……223
義母與我因緣……225
戀戀母校－竹東高中……228
七十隨筆……230
菩薩保佑……233

2 新詩

浮動的歲月……239
山中之頌……241
追尋……243
梅雨……246

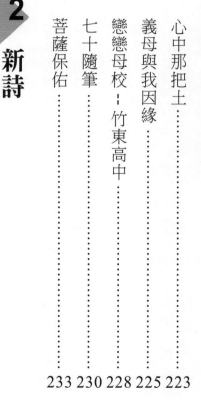

疫情何時了……248
山居幽情……250
何去何從……252
問天……255

3 附錄

一、廣東省潮州府惠來縣尖石鄉官氏世系表……259
二、航臺始祖汝光公派下九大房世系表……260

1

散文

第一輯　健康的身心靈

我的生日

明天，正是我六十九歲生日，妻子兒女皆忘記，我也不記得，在台北開西餐廳的兒子，正好今天星期四公休，一個人開車回來探視我兩老，立即準備豐盛午晚餐，晚餐三人共饗後才回台北。臨行時，我還特別叮嚀，待爸明年七十歲生日時，全家一定要提前回來團聚為爸祝壽，他也爽快說一定，要孫子女回來團聚，得等兒子公休日啦！

年紀愈大愈不喜過生日，年輕時全家大小生日、國曆、農曆均一一載明，每年家庭慶生不斷，甚至同月生日者，分組一同慶生，選擇在家或餐廳聚聚、吃蛋糕，說從前。子女生日則是母難日，聚會時子女對母親總多一分親暱感恩，爸爸雖為家庭付出很多，但父愛總不易彰顯出來，僅多聚個餐買個蛋糕，唱個生日快樂歌就不錯。今年全家皆忘而我獨知，心有不甘，發出了訊息給知心好友，一通通「生日快樂」叮噹傳來，總算安撫我這顆老朽的心！

猶記得父母親在世時，每年父親節、母親節或父母親生日時，我都會召集五兄弟家庭合辦慶祝餐會，父親是地方政壇人士，又是事業家，總習慣在這如此難得的家族聚會中致詞，往往話匣一開，欲罷不能，只苦了眾孫們，個個盯著蛋糕與桌上美餚垂涎不已。母親會輕聲向父親說：「好啦！孫子女們餓了，可以邊吃邊談嗎？」於是開始用餐，餐後端出大蛋糕，合唱生日快樂歌，吹熄蠟燭許過願、吃蛋糕是孫子女最高興也最難忘懷的時刻。

韶光易逝，每人都難逃老病死的命運，每人也希望返老還童，最好是人老心不老，保持赤子之心！每當友人彼此問起「您高壽啊？」俏皮的會以「年次」來答覆，如我是「三十九」，他是「四十」，你是「四十一」，心情頓時年輕許多。

別太在意他人看法，人有生即有死，既然有生日、未來就有忌日，視為輕鬆又特別的日子。生日是每年可遇的農曆或國曆，而未來的忌日可就是每年一次喔！

（筆於二〇一九年十月二十四日 山城木鐸書齋）

面對未來

世上有七十幾億人口，分布在地球不同板塊與角落，也因為人是高等動物，有異於別種動物的特質，且有極高的智慧與思想，創造尖端科技，改變了人類的生活，也運用腦部一塊充滿慈悲的領域，發揮了大愛的神秘力量，超越了宇宙間不同生物的情感，除卻天災人禍，在這地球村裡，人類大可過著世界大同的生活，共享大自然或桃花源的樂趣與仙境。

只是年紀漸長，每個人不免會想得多，會想要用不同方法來自我療癒，尤其資訊發展迅速，無論男女老少，社會每日正負面的消息，充斥著他們的腦海，慢慢發酵變質，逐漸忘卻自己到底是誰？在人海中隨波逐流，甚至於自己對社會價值觀混淆，誰對誰錯，已拿不定主意，有智慧者或可分清是非，瞭解自己要去的方向，有些人則跟著陌生人群簇擁，甚至不知不覺走向不可知的未來。

我們身邊常有許多要好的親友、同仁、同學因病離我們而去，到遙遠陌生的國度，他（她）們生前在社會上或許擔任著要職，有著專精的技術或專業，也可能在輪迴轉世中，出現在國內或國外，延續自己前世的專才，在今生中仍為國所用，而不會浪費人力資源！這是我的想像，事實上在佛教中輪迴轉世案例可不少呢！

我體質較敏感，也比一般人多愁善感，常估算自己可再活個十年吧！如上蒼慈悲，就讓我再活個十五載足矣！畢竟妻子依賴性強，實不忍自己獨自遨遊天空，尋找前世或來世的自己與家人。

目前我要在台北上班的兒子返家，嚴肅也認真地告訴他，每月應至少回來一次，陪陪父母幫幫家務，胡適曾言：「生前為死後做準備是一種慈悲。」這句話應給我們很好的啟示。

（筆於二〇一九年十月二十五日光復節 山城之夜）

我的病歷

俗話說：「人生三十看學歷，四十看經歷，五十看能力，六十看病歷，七十看黃曆。」每個人吃五穀雜糧，在環境的不同，體質的差異下，難保不生病、不看醫生。

民國四、五〇年代，農村生活普遍貧窮，童年時期，營養不良、衛生不佳、醫療欠缺，我記得當年家家戶戶牆上懸掛著紅色藥袋，裡面裝著胃散、萬金油、紅藥水、雙氧水之類簡易藥品。病了，爸媽就捏著你的鼻子餵藥，傷了，就為你擦藥，沒錢到醫院診所看診，頂多種牛痘及打打預防針，我體質還好沒生大病，沒讓父母擔太多心，這是我十五歲以前活蹦亂跳的青少年時期。

愈成長，自感免疫系統愈差，極易患感冒，尤其罹患重感冒，至診所打針吃藥，常要十天半個月方痊癒。至於後來成年迄今也動過一些大小手術，譬如民國六十四年於馬祖服役時，於軍醫院動過盲腸手術。民國七十八年在國民黨通霄鎮黨部任職時，於署立苗栗醫院動過疝氣手術。民國九十四年在建台高中任教時，於北榮總檢查驗出「慢性骨髓性白血病」，前後抽了十次骨髓，目前藥療控制甚佳，但每兩個月仍得回北榮總血液腫瘤科回診。今年九月初到台中慈濟醫院手術左眼黃斑部病變，半年後得再次回醫院手術左眼白內障，希望視力能因此恢復更好。

平時缺乏運動，已逾三年未打桌球，也未慢跑、走路，一旦要行走斜坡或爬樓梯則氣喘吁吁，好友們希望我要盡快回復運動習慣。我個性較慵懶，常要妻子在旁敦促才會在住家附近學校操場慢跑幾圈，想想六十歲前自己還是生龍活虎，登高山、行遠路尚無多少難事，六十過後心態老了，有多種病狀來磨，前不久還先後患了「落枕」「抽筋」與「腰痛」，看似小病，卻大痛數日無法入眠，方到診所打針止痛紓解，才能慢慢恢復作息，真要感恩醫師的「華佗再世，妙手回春」。

有人說：「人生七十才開始。」或許是才開始要生重病了，許多事情是心有餘而力不足，健康比一切都重要，「放下吧！放下！一切的名利如過眼雲煙。」我內心不斷這般吶喊著。

（筆於二〇一九年十月二十八日 山城之夜）

我的婚姻緣

民國六十四年間，我在馬祖服兵役，透過當時於苗栗縣私立君毅中學任教國文的吳萬保老師之介紹，與同為國文教師的妻為筆友，書信往來一年多，回到台灣第一次見面，只見她氣質出眾，嬌小玲瓏，嫺靜內向，甚得我緣，雖然過去我曾交往過幾位女友，在認識妻後，我方感覺已尋到真正愛情的港口，我不再漂泊。

妻出生於苗栗縣竹南鎮中大埔農村，自小父母相繼離世，家境清寒，她多靠幾位兄姐協助成長，她排行老么，深受兄姐們疼愛，自小好學，品學兼優，小學畢業榮獲縣長獎，保送竹南中學。初中畢業考上省立新竹女中，畢業後考慮家境貧寒，不好再讓兄姐們接濟，乃選擇台灣師大夜間部國文系就讀，以半工半讀方式完成五年的大學生活。大學畢業後先獲聘於私立君毅中學任教一年，第二年參加苗栗縣國中教師甄試，以優異的成績錄取並分派至西湖國中任教八年，後經介聘至苗栗市明仁國中任教十九年，五十四歲時因身體狀況欠佳而申請退休。

我與妻生養三位子女，皆已成家立業，長女怡嫺，國立台灣師大國文系畢，國立台灣大學中文所碩士，現為台北高中教師。二女怡君，文化大學中文系畢，現從事房仲事業。小兒俊良，文化大學生活應用科學系畢，現在新北市從事餐飲業。我倆已有外孫、內孫共四位，均就讀國中小與幼兒園。兩女出嫁後因工作與家庭關係，鮮少回娘家團聚，兒子媳婦很孝順，工作之餘，會定期帶三位子女回來山城與我兩老團聚。

我夫妻已年近古稀，多年來妻選擇在慈濟擔任志工及假日在淨覺院共修，我則喜歡美化家園怡情養性，抽空拜訪摯友或邀約好友來山城寒舍茶敘話當年，生活倒也寧靜無憂。妻對我挺貼心也很細心，過去二十幾歲交往時的「情書」她全數蒐集彙整，存放於密閉的紙箱中珍藏，我們偶爾會抽出幾封「情書」展閱，也會彼此露出會心的微笑，這就是我夫妻的愛情、婚姻與家庭工作的因緣吧！

（筆於二〇一九年十月三十日 山城之夜）

統御的心思

或許因為我個性執著，完美主義的思維作祟，民國七十八年服務國民黨通霄鎮黨部擔任主任時，只因為輔選農會總幹事失利，雖說非戰之罪，但心中感受有愧於黨，而引咎辭職。當時引起輿論雜誌的不平，那年我三十九歲，自行轉業至教育界，分別在四所私立高中職任教，並受校長厚愛，分別擔任教師兼主任及秘書之職，直至民國一〇一年，我六十二歲申退，後因緣連續兩年獲得「榮譽教授」與「榮譽博士」，因長年寫作經驗，讓我受到一些肯定。

對於新竹縣官姓宗親會而言，我於民國六十九年間與故鄉幾位宗長發起成立，因為自己的熱心與傻勁，也擔任多年的宗親會顧問，前些年故鄉多位宗親數度來苗栗寒舍，一致請求我能擔任新竹縣官姓宗親會理事長一職，我以身體狀況與法律規定為由，而予以婉辭。身為官姓一份子，我有責任盡一己力量，民國一〇七年六月於台北籌組成立「台灣官姓宗親顧問團聯誼會」，遴選各界官姓宗親菁英二十餘人，個人並受推舉為會長，兩年一任並適時協助新竹縣官姓宗親會業務的推展。除了去年十月前往中國原鄉廣東梅林鎮尖石村參加擴大祭祖外，更籌備好明年二月間率顧問團二十餘位宗長至馬來西亞古晉市砂勞越與當地官姓宗親訪問交流，希望明年六月任滿交棒。

在苗栗因為桌球的興趣於民國七十五年與幾位球友一同發起「丹心桌球俱樂部」，也擔任過會長，竹苗友緣桌球俱樂部於八年前成立，共四隊，每四個月輪辦一次，我擔任苗栗縣召集人，只因為自己的熱衷與無私理念，無法中途放棄，只好在半推半就下，繼續為球友服務，為苗栗爭光，期許副召集人徐禮雲校長能早日承接我位置，畢竟我因身體狀況欠佳，已逾三載未再賽球了。

自己從事黨務十二年及教育二十三載，今年七月下旬出版了「承擔與放下」一書，年近七十，自覺對社會已無能力再貢獻什麼，仰望西天的彩霞多美，只是已近黃昏，我內心不時吶喊，現在不放下更待何時啊？

（筆於二〇一九年十一月一日 山城之夜）

眼疾手術

多年來我為眼疾所苦，兩年前，經人介紹到台中慈濟醫院給眼科周兆峰醫師看診，周醫師診斷出為「左眼黃斑部病變」，周醫師是極富盛名之眼科醫師，每日門診掛其號者，超越百人。他當時建議我能立刻做手術，我因忙於出版上本拙作彤霞鴻飛，而暫緩了手術，兩年後黃斑部病變影響視力極鉅，於是再度回診，在周醫師誠懇勸說下，於今年九月三日動了手術，周醫師因考慮我本身有糖尿病、白血病及三高等，同意我手術後住院三天觀察。迄今近兩個月恢復良好，俟半年後白內障成熟，得再度手術，則可光明重現吧！

手術歸來十日左右，摯友們除於手機「賴」上不斷問候外，竟有二十多位親友陸續前來木鐸山寒舍探視，感恩不盡。有文堂弟從廣東惠州返台得悉，即與有波堂弟連袂從桃園趕來苗栗，除致送慰問金外，另包大紅包給妻作「官氏族譜」總校之酬。住院期間鎮豐、威政兩宗長及摯友志忠堅持前來醫院探望，一併在此致謝。

今年十、十一月間，誼妹錦芳、錦蓮遠從台北及美國前來寒舍小住一宵，提供「不生氣與吃素養生之道」。國際書法名家孔昭順大師在我摯友英梯陪伴下，從故鄉莒林趕來山城寒舍關心，當日中午我集一票文藝界友人陪同恩師共餐。另外小學恩師林煥田老師小千金伉儷也從新竹風城驅車前來山城寒舍，探視我這位「大哥」，甚感安慰。

或許我一向重情義，平日與親友互動良好，雖然本性嫉惡如仇，但親友有難總會傾力相助，寧願人負我，我絕不負人，平日與妻做做小公益，累積福德，惟願上蒼慈悲，佑我國泰民安及家人親友、永遠康泰。

（筆於二〇一九年十一月六日夜於山城木鐸書齋）

距離感

人與人間的距離有多近多遠，無法以尺度量，生活中陌生的人或熟悉的人，可能與你經常擦肩而過，你的一聲禮貌招呼，可能拉近你與對方的距離，當然也有可能，你禮貌的招呼，卻換來冷眼以對，彼此距離也因此漸行漸遠。

每個人多多少少會有幾位談得來的好友，所謂無話不談的知己，俗話說：「酒逢知己千杯少，話不投機半句多。」彼此因為心靈契合，磁場相近，才有一見如故的感覺，但也有無話可談的人，縱使是自己親人、同學、同仁，見面說不上三句話應付了事，距離自然疏遠。職場上常有「說話的技巧」或「推銷的方法」訓練課程，主要在縮短人與人間的距離，變成客戶或朋友，不是嗎？

夫妻吵架後，可能冷戰不發一語，朋友吵架後也可能視同寇仇，不相往來，見解不同，自然情感疏離，如要修復彼此的關係，可能需要三天，也可能需要很長的時間，朋友間需要有共同的誠信與理念，友誼方能可長可久。我有幾位好友，時常於晚間來家中閒敘，我也「夜半客來茶當酒。」常聊至深夜方歸，我也喜歡選擇白天到一兩位摯友家閒談話當年。友情與愛情、親情一般，需要誠心去經營，否則濃厚度會漸淡，距離感會漸遠。

參加親友的婚喪喜慶，似乎不可少也不可免俗，但通常一般人都會選擇性參加，禮數的厚薄自然多以交情深淺作為依據，而不會引起不必要的爭議，平時可能會因社交場所或偶然的邂逅，與陌生人交談而成了朋友、莫逆，那是一種緣分，一種善緣，也有可能與鄰居或親友因某種利益衝突，彼此形同陌路，這也是另一種的惡緣。

人與人的距離可近可遠，俗話說：「相交滿天下，知音有幾人？」的確，朋友雖多，但符合你的志趣、想法與理想的摯友真沒幾人，我一位摯友就曾說：「年輕時，朋友很多，現在年老，朋友漸少。」這是很實際的道理，早已見怪不怪了。

（筆於二〇一九年十一月八日 山城之夜）

揮別堂弟

有權堂弟小我兩歲，熱心公益，除了擔任我新竹縣官姓宗親會總幹事外，另擔任其他社團，如環保志工協會、寺廟管理委員會及海軍陸戰隊退休協會總幹事等等，可謂積勞成疾，於民國一〇八年十月三十一日壽終正寢，享年六十八歲。於民國一〇八年十一月十三日上午在竹東大同禮儀中心舉行家祭與公祭告別儀式，當日參與公祭之機關團體甚多，宗親尤眾。

公祭開始，新竹縣官姓宗親會暨台灣官姓宗親顧問團聯誼會聯合公祭，我先擬悼辭，並於公祭時代表恭讀，場面肅穆哀戚。他生前參與新竹縣官姓宗親會四十載，後擔任總幹事十九年，為宗親服務無怨無悔，不忮不求，獲得宗親們的敬佩，對他的離世更表示不捨與傷慟。

為表示對他永遠的懷念，特別將當日公祭悼辭述之於后：

（筆於二〇一九年十一月十五日 山城之夜）

悼辭

惟中華民國一〇八年十一月十三日（農曆十月十七日），新竹縣官姓宗親會理事長官德昌暨台灣官姓宗親顧問團聯誼會會長官有位率全體宗親、理監事及顧問們，謹以悲慟之情，緬懷之心，特以鮮花水果素饈之儀，致祭於我官公有權宗長之靈前曰：

有權 吾弟啊！

您參與官姓宗親會有四十載
您擔任總幹事已十九年
您輔佐歷任理事長無怨無悔
您一生對功名利祿不忮不求

天妒英才 勞苦神傷
藥石罔效 妻子斷腸
宗親聞訊 淚水汪汪
音容縹緲 訣別安詳
羽化登仙 接引西方
黃鶴一去 難返故鄉
往事歷歷 昨日一般
宗長解脫 放下承擔
遺愛人間 典範永藏
一別千古 英氣浩長
來格來嚐 伏維
尚饗

愚兄|有位|有沐 代表敬悼

社區鄰居

十三日與政鈞堂弟同返新竹參加有權堂弟之告別儀式，約了有沐堂兄賢伉儷至芎林鄉華龍村知名的「鹿寮坑驛棧」午膳，飯後我們到附近拜訪了鐵城表兄，見他每週洗腎三次，確是辛苦，給他一些精神鼓勵外，也幫不了什麼忙，台灣洗腎人口居世界首位，生活飲食健康不可不重視啊！

因東北季風來臨，下午天氣轉寒，晚間更是風勢強襲，翌日，八點許我推開鐵門到對面木鐸書齋，牽了機車，準備外出吃早餐，乍見我大門口一盆開滿花的「香水百合」被風吹倒，我正想向前將之扶起，突然看到百合早被汽車輪胎直接輾過斷成兩截，橫在馬路上，鄰居兩位老婦在旁聊天，視若無睹。我知道是隔壁徐家子女晚上開車回來，或一早開車出去懶得下車搬移，直接輾過而去，過去幾年曾因通道問題，與隔壁徐家打官司結了樑子。我家土地變成他們通行的道路，法院判決「容忍其通行」，法院如此判也就算了，然他們全家人氣勢凌人，佔了便宜還賣乖，行為乖張，朋友為我不平準備找人修理，我說算了，不斷容忍他們。

這次眼看心愛的「香水百合」被輾成兩截，心疼之餘，我禁不住大聲飆罵，隔壁依然大門深鎖不理，鄰居一一探首，見我如此斯文者會發大脾氣，好似不可思議，這天我血壓飆高至一六〇，妻勸我忍讓，別為此小事而傷了身體。我冷靜下來將被輾過的盆景，用手機拍了幾張存證，並傳給王里長處理，必要時當可調閱我家監視器，依法提告。

此徐家平日鮮少與我們社區互動，整日大門深鎖，三部小客車早出晚歸不知在何處上班，也沒人想去瞭解，而社區的鄰居彼此相處也冷漠，要發揮守望相助與敦親睦鄰，又談何容易。

我喜歡美化環境，也在兩間雅房外牆貼了一些精神標語與美麗圖畫，倒是朋友多喜歡欣賞，來訪時不斷拍攝留念，我夫妻則有幸天天沈浸在我美化的小天地裡，不想去煩惱社區大大小小令人不舒服的事。

（筆於二〇一九年十一月十六日山城之夜）

家有賢妻

與妻結褵四十二載，回顧她在教育界春風化雨，平時忙著學生，忙著孩子，鮮少陪妻一同旅遊，或野外踏青，甚至於早在民國六十六年結婚，因忙於黨務輔選工作，連蜜月旅行都拖延再拖延，至今未成行。妻嫻靜內向，是位好老師更是我賢內助。我告訴她，俟我們退休後我會補償她，她節儉怕花錢，我安慰她，我會想辦法以最簡約的方式，計劃明年二月帶她至馬來西亞與我所組官姓訪問團二十人一同參訪東馬、西馬官姓宗親會，大後年再至中國江南一遊，退休這幾年，我也安排在國內一些風景名勝區遊覽。

近年因我身體微恙，不宜遠行，於是選擇在縣內走走，譬如偶爾在早上帶妻到苗栗市新東大橋下之河濱公園散步，來回三千公尺，也達到健身目的，或至明德水庫坐遊艇環湖一週，欣賞湖光山色，再沿路驅車至獅潭鄉舊地重遊，順路拜訪摯友桂橘園民宿的主人榮宗伉儷，談談政事，聊聊往事，偶爾也留下午膳，道地的客家菜，濃濃的故鄉情，總讓人回味良久。

妻不多話，我話很多，不管在家或在外與友人談天說地，話匣一開，有說不完的陳年往事，妻總在一旁靜靜地聆聽，回到家或客人走後，她會責怪我和家父一般講話有點誇大其詞，我回應說，這多少有遺傳吧！家父時常把一件事重複地講，家母會說「我已聽了三十遍」，但我喜歡聽，聽多少遍也不厭，父母離世已多年，想聽家父「澎風」的機會也沒了。

我夫妻年近七十，與多數同齡同輩的朋友一般，子孫不在旁，但更加增進了夫妻情感，我們相互扶持、互相尊重，在這中老年體力、記憶確實有差異，我們更要互相包容與關懷。

不久前參加革命實踐研究院聯誼會，獲贈一條有　國父墨寶「努力前進」的運動毛巾，李前主委錦松日前蒞臨寒舍再贈送我兩條運動毛巾，蓋因我有出錢贊助當日活動午餐吧！我將此兩條寶貝毛巾分送兩位摯友，並說明其代表意義，他們喜不自勝地收藏呢！家父生前曾任民意代表，個性海派，喜與朋友分享喜悅，我想我個性也遺傳到家父。我時常會帶妻遊山玩水或隨機訪友，希望建立更多善緣，一同邁入人生大道而不感寂寞。

（筆於二〇一九年十一月十七日晚 木鐸書齋）

談走路健身

最近兩週來，興之所至，陪妻到苗栗市地標新東大橋底下河濱公園走路，來回走了三千公尺，有時選在上午七時，有時則選在下午四時，曬曬早上與下午的陽光。豔陽不熾熱，適合我們走路健身，每回走完三千公尺，我會氣喘吁吁，只因我平時極少運動，妻每日在家做性廣法師所教的「鬆肩抬跨運動」五十分鐘，因此走起山坡，如履平地，不疾不徐也不喘。

回顧自己唸中學時期還被遴選為田徑校隊，大學時到深山協助父親工程建設，跋涉好幾個小時的崎嶇山路與溪澗，也不感疲累，大學時在成功嶺接受第一期寒訓，服役時在馬祖外島接受特訓，體能均健壯。如今年近七十，器官老化，體能自然不如年輕時期，無怪乎網路不斷傳訊我們退休後要如何健康養生，不宜太勞動傷神。的確這兩年我出入醫院診所的次數增加，友人勸我改變生活作息，放棄激烈的運動，放輕鬆散散步、詠詠涼天，寫寫作、仰仰藍天，訪訪友，聊聊天，感覺知足而自得。

出國觀光旅遊或參訪，難免要有足夠體力與腳力，前些年曾多次隨團到中國大陸九寨溝、張家界、三清山、廬山及多處風景區，需要靠雙腳行走，否則只有在山下等人欣賞山中美景後才怨嘆自己體能不足，不宜隨興出遊。為了明年二月陪妻隨團到馬來西亞，訪問西馬與東馬之官姓宗親會及大後年到中國江南一遊，行程不免要靠雙腳前行，因此行前我得勉強自己抽空到野外走走路或爬爬山。去年十月受台商堂弟有文之邀，前往廣東尋根，因在山區行走，平時又缺少運動，以致雙腳突然抽筋，疼痛難擋，幸靠同行宗親扶持，方度過難關，因此為了要走更長更遠的路，平時仍得勉強自己做必要的健身運動。

（筆於二〇一九年十一月二十五日 山城之夜）

天佑台灣

離總統副總統暨立委大選只剩一個多月，每日的電視與新聞報導讓人眼花撩亂，真是大選大亂鬥，一場一場的聚會，即如舞台劇與野台戲，台上的主角揮舞著旗幟，台下的民眾瘋狂的叫囂。每個候選人，尤其總統候選人，被對手及大眾用放大鏡檢視著，無所遁形，更可怕的是有人用國家機器去操控媒體，用政治買票來討好選民。有朋友憤憤不平說，國家已治理得一團亂，還有臉來打擊與動用所有資源來「黑」對方，或許這是佛教所謂的末法時期，群魔亂舞，倒楣的可是我們一般庶民呢！

中華民國台灣是自由民主，風景秀麗，物產富饒的國家，只是每逢大選，藍綠對決，各拉盟邦助陣，人心惶惶，「台灣」這美麗的寶島「福爾摩沙」，變成中美大國經濟大戰的一顆棋子。

我們要何去何從，我們政治經濟、科技、文化早已躍升，也趕上國際先進國家的快步節奏，但卻在近年的政黨執政下，無論是政治、外交、經濟、文化繳交了白卷，庶民怨聲載道，哀鴻遍野。選舉是民主政治的過程，也是一種常態，我們市井小民只求國泰民安，如孔子所謂的「老者安之，朋友信之，少者懷之」而已，候選人不能只懂得「口水論戰」吧！

莊子齊物論說：「一切是非、善惡、美醜，都是相對性的價值判斷，有是就有非，有善就有惡，有美就有醜。」

生存在此自由主義的國家社會，應有普世的價值觀念，國家與個人關係相同，要抱持「天助自助」與「人溺己溺」的悲天憫人情懷，期許在大選後，政黨能和解共生，世上沒有永遠的政敵，為了國家的發展與人民的福祉，領導者更要以大氣度與大智慧來治理國事，則國家有幸，庶民有福。

（筆於二〇一九年十一月二十五日 山城之夜）

寫作風格

妻最近在校稿我下本書隨緣隨筆（預定書名）的前幾篇短文後，感覺比以前所寫的文章平實而簡樸，或許年輕時的筆觸較為浮華浪漫。年近七旬，感覺應改變思維，貼近現實，真實呈現所見所聞與所感，或許讀者會感受有點枯燥，但那才是我內心真實的呼喚與吶喊，也是我性格的執著與寫作風格的轉換吧！

李白的性格是豪邁，瀟灑與多面，其詩如其人，隨心所欲，有靈感即抒發，揮筆立就，從不刻意修辭，用字遣辭，如同天馬行空，無跡可尋。他所寫草木蟲魚，風花雪月多有言外之意，弦外之音，內容多與社會現實有關，都離不開國家與百姓。

杜甫的生活和創作道路都是艱難曲折，他的一生可謂是痛苦的一生、奮鬥的一生、是在痛苦中走向現實而與人民相結合的一生，他一直是與苦難中的人民同生死、共命運，因此才能以真切的感受，用他那沈著而雄健的詩筆寫出可歌可泣又充滿血淚的作品。盛唐詩人很重視天才的創作力，而杜甫的創作主張「語不驚人死不休」，強調通過苦思錘煉而獲得藝術的成功。

李煜本是風流才子，他前期作品也很像溫庭筠一樣香豔，作品多少帶著「花間詞派」的色彩，所不同的，他有創作的天才，意境空靈超放，沒有做作，也沒有虛偽，一切是他生命真實的告白。至於後期作品，因為生活環境引起劇烈變化，風格由清麗婉約，變為悲壯淒厲的亡國之音，他感慨加深了，題材也廣了，以白描的筆法，寫來更自然也更生動。

民國以來也一直文風鼎盛，作家寫作風格也大異其趣，文章的優劣，自有專家為之評價，目前網路文學充斥，是非不便置喙。我一向堅持寫作精神重在講求「真、善、美」，未嘗太在乎用詞遣句的排列與美感，在日常生活中將所見所聞，透過靈感，一氣呵成文，那種感覺是多麼真實而貼切。

（筆於二〇一九年十一月二十八日 山城之夜）

獼猴與觀賞雞

我家目前豢養了一隻台灣獼猴及四隻觀賞雞，分別是白背鷴、日本雞、金雞與富貴雞。猴子與觀賞雞分別關在後院的鐵籠與木籠裡，為避免有臭味，我每日餵食時一定順便清掃與沖洗，客人來訪，多會來欣賞我後院的小小動物園。

家裡這隻台灣獼猴可有來頭，民國七十四年間我開車出差竹南，於路途中見有人擺設一籠籠的動物與鳥籠，我蹲在籠子前，一眼看到籠中一隻大猴與一隻斷了右臂的小猴直望著我，基於同情心，我以伍千元將兩隻猴子購買回家，並請木工師傅訂了一個大木籠關在一塊，每日餵食兩次，豈料小猴貪食，一星期後大猴因未食而餓死，令我難過數日。我將小獼猴取名為「小龍」更加呵護餵食，迄今已三十四歲（或許是全台最長壽的猴子），如今胖得似豬，為讓牠減肥，每日只供應一餐，依然很能吃，過去看到有客人來訪靠近，就咧著牙齒作兇猛樣，我因是他主人，表現出的態度就和緩許多。

四隻觀賞雞也是我最寵愛的動物，養了十多年，多少也懂得人性，除了兩天一次碎玉米與台糖飼料餵食，我每週一次騎車到市場口撿拾高麗菜葉，裝滿一大袋，回家再分給小龍與觀賞雞享用。其實我很早就喜歡養動物，家裡養過杜賓犬、獵犬、兔子、北平鴨、孔雀、藍鵲、八哥、鴿子、斑鳩、菓狸、飛鼠、九官鳥、鸚鵡、樹雀、藍腹鷴、松鼠、天竺鼠等等，養這些動物與鳥類是我喜好的休閒活動。妻子受不了我花錢又花時間，時時嘀咕碎碎唸，因此，現只養一隻老猴「小龍」及四隻觀賞雞，聊以滿足我休閒嗜好。

相信每人甚至於每個家庭均有不同的嗜好與生活方式，現代年輕人養狗養貓當寵物者極為普遍，甚至於視如己出，呵護備至，也有不少慈悲為懷者，收容許多流浪狗、流浪貓，愛心固然可嘉，但要注意到動物環境衛生與避免噪音影響鄰居的安寧才好。

（筆於二〇一九年十一月二十九日 山城之夜）

長壽要健康

依今年主計處公布台灣男女平均壽命八十歲，女八十三歲，男七十八歲。中國大陸公布，上海市民平均八十五．八十八歲、北京市民八十．一八歲，其餘地區平均多在七十幾歲，而青海六十九．九六，雲南六九．五四，西藏六八．一七，全國平均壽命七四．八三歲，都說生活在青山綠水的環境中較長壽。台灣最長壽的是台北市，可理解都市生活品質高，醫療發達，競爭力強，因此也是長壽的主因吧！

最近在網路中，看到中國廣西省玉林晚報報導，有一個萬歲活動，調查一百個百歲老人，有國家級的生物學家，醫學家及營養學家，參加調查追蹤半年年，調查長壽規律，但都沒有結論，因為接受調查者有愛運動者，也有不愛運動者；有抽煙喝酒的，也有不抽煙喝酒的；有吃葷的，也有吃素的；有結三四次婚的；也有不結婚的；有七八位子女的，也有沒有子女的；有愛吃鹹的，也有愛吃淡的；有成天愛生氣的，也有成天不吭氣的。所以生活習慣嗜好，是否長壽的標準？所謂大道無道，順其自然。

男人平均壽命低，比女人短命得多，除了生理原因，價值觀讓一個男人要承受太多責任，要拼事業，要照顧家庭妻小與父母，外邊應酬有時不可少，熬夜、透支體力，甚至要加班過勞，所以壽命自然不長。過去「人生七十古來稀」，現代因生活環境，品質提升，科學醫療發達，自然壽命可以延長。夫妻相處應互相尊重，不可相敬如「冰」，多照顧先生身體，注意飲食健康，協助紓緩上班工作壓力，壽命應會相對提升。

當然長壽的基因遺傳也很重要，似乎無關貧富名位，也無關高矮胖瘦，國外例子甚多。我祖母、外祖母及母親均活到九十餘歲而壽終正寢，但祖父只活到三十九歲、父親勞心勞力七十三歲而病故，我五兄弟中，大哥、二哥目前均在八十歲上下，依然生龍活虎，在家鄉有他們的興趣與嗜好，不與人爭名利，自得其樂。現代人是「人生七十才開始，八十滿滿是，九十不稀奇，百歲笑嘻嘻！」長壽不會是問題，但一定要活得健康快樂，如長壽但長年臥病，失智又失憶，我想這種長壽也沒多大意義！

（筆於二〇一九年十一月三十日 山城之夜）

第二輯　芬芳的鄉土味

純純的戀

某日在一摯友府上庭園泡茶閒談政事與家務，突然話鋒一轉談及自己婚前兩段戀愛史事，摯友聽完，給了一個結論，的確算是「純純的戀」。我保守而又不懂得浪漫，在當時五、六十年代談戀愛，也真的有想愛又怕受傷害的感覺，不像現代年輕人的大膽與浪漫。我與妻因書信往返而修成正果，退伍回來在父親督促下很快訂婚，半年後完成婚禮，那年我正滿二十八歲，算是適婚年齡，其實父親擔心我有點似風流才子，要讓我定下心來。妻說夫妻本是五百年前就訂了，想想或許是真的吧！前兩段戀愛對象，她也見過，在彼此祝福下各自攜手走上人生大道。

第一段戀史，該是我唸高三時，每逢颱風暴雨溪水暴漲，橫跨頭前溪的便橋常被水沖斷，我與恭壜兄就騎著老舊腳踏車到九鑽頭車站搭小火車到竹東。那日放學後我們再搭小火車回九鑽頭車站下車，當我們正要牽車回家，驀然看到一位極其清秀的別校（曙光女中）女學生，也牽著自行車準備回家，我們彼此對望許久，她長得有點似影星「湯蘭花」。不到一個月，我騎機車載父親到橫山鄉香園窩口，準備轉搭客運到尖石鄉看工程進度，父親要我把機車寄放他好友何霖安校長家，當走進何校長府上，驚見那位女學生端茶接待我父子，原來家父與她父親是世交，日後自然與她交往，其父母也很喜歡我這個楞小子。因為要準備大學聯考，我與恭壎兄常在午休時間躲在學校圖書館看書，她姊服務我高中教務處，時常會到圖書館給我們加油打氣，大家都在拼聯考，沒空談戀愛。

當年我就讀的高中，考取大學的幾乎寥寥無幾，所以我與她不敢再見面，待大學聯考放榜，我僥倖考上東吳大學中文系。開學後的某日，室友拿了一封信給我，信封上所寫的字與我的字體超像，龍飛鳳舞，拆開信方知是她所寫，我們開始交往，假日同遊陽明山、觀音山。某日她帶著我去東南亞戲院看「雷恩的女兒」，演到床戲時，我竟然害臊低頭不敢視之，交往了三年我們未曾牽手，更別說有親暱的舉動。後來因為宗教信仰的不同，她常邀我至「聖家堂」做禮拜，我沒興趣，因此漸行漸遠。之後，她認識了長他十歲的教友，交往一年即結婚，雖然我們彼此有些難過，但仍互相祝福，畢竟感情不能勉強，更何況畢業後我抽到「金馬獎」，很快就要調到馬祖服兵役，這段戀情也就結束了。

第二段戀史對象是大學同班劉姓女同學，我與前段何姓女友疏遠，是在大三時，感情空窗期我就開始勤於寫作，在校刊發表新詩、散文，並與同學在校門口旁的桌球室勤練桌球。有一門必修的西洋文學概論，我常缺課，學期成績單發下，我此科被「活當」，三天後就得補考，情急下我找班上前三名的劉姓女同學借筆記，想臨時惡補，她告訴我筆記在大直家裡，我硬著頭皮陪她回家拿筆記，她要我到她家複習，我婉辭，當日正下著雨，她按電鈴要她弟建杉把筆記本拿至樓下，我一邊撐傘，她一邊幫我複習講解，我回宿舍即拼命死背，補考終於順利過關。為報答她，某星期日，我帶著伴手禮到她家拜訪，來往一段時間與她家人結了善緣，她長相可似「蒙娜麗莎」，是班上「冰美人」，不苟言笑，男生都不敢追求她，只有我這呆頭鵝能受她親睞。交往了一年，畢業後，我調到外島服役，擔任部隊甲組政治教官，她則在桃園她父親開設的建設公司擔任經理，我們的感情不是很穩定，彼此都保持著一定的距離與分際，她大弟沛杉與我同在馬祖服役，偶而會一塊到冰果店聚敘。

直到苗栗一位吳姓高中女老師與我在台北車站前邂逅後，介紹了嬌小玲瓏、清麗有氣質的柯姓女同事，給我當筆友。國立台灣師大國文系畢業的她，一封封的長信打動了我的心。某日，我邀劉姓女同學大弟一同用餐，並暗示他說：「我們男人要多交幾個女友，再從中挑選一位作為終身伴侶。」他覺得我移情別戀，寫封信告訴他姊，兩個禮拜後我收到她關懷的信，只是我心已在柯老師身上，這也算是一種兵變吧！回台退伍，一年後我結婚了，她得知，特別從南部趕來我家拜訪並一塊用餐，她與妻子相談甚歡，見妻挺著肚子，深深祝福我們，不久就聽到她嫁給他任教國中的同事，我們也給她最誠懇的祝福。

目前我們的長子女皆踰四十歲，我們也將邁入七十之齡，責任已了，該是學習放下的時候。回顧過往青澀戀史，感恩妻把我們交往的書信全數蒐集典藏在寶箱裡，她的用心與細心讓我感動久久，我誓言下半輩子更會好好守護她。

（筆於二〇一九年十二月四日 山城之夜）

風的敘述

寒冬初至，東北季風來襲，六歲小孫振楷突然問我：「爺爺，外面的風從哪裡來？聲音怎麼那麼大？」讓我想起早期歌手萬沙浪的一首唱遍大街小巷的歌「風從哪裡來？」『風兒多可愛，陣陣吹過來，有誰願意告訴我，風從哪裡來……』

一年四季皆有風，春風又稱「東風」，夏風又稱「南風」和「薰風」，秋風又稱「金風」，冬風又稱「北風」和「朔風」。除了朔風凜冽，其他的風多讓人喜悅與讚美，在風字開頭的成語有風風雨雨、風調雨順、風鬟霧鬢、風急浪高、風景不殊、風花雪月、風流倜儻、風譎雲詭、風流才子、風流韻事、風餐露宿、風度翩翩、風姿綽約、風情萬種、風聲鶴唳……等等不計其數，如果以風字作為接龍遊戲，一定可以接得又長又有趣呢！

為什麼有「風」的形成？地球上任何地方都在吸收太陽的熱量，但由於地面每個地方受熱的不均勻性，空氣的冷暖溫度就不一樣，於是暖空氣膨脹變輕後上升，冷空氣冷卻變重後下降，這樣冷暖空氣便產生流動，形成對流，即是風的產生，當然科學家有更精密的解釋，基本上風就是空氣的移動。

歷史上有名的「荊軻刺秦論」，在出發前夕，燕太子丹為荊軻送行，高漸離為荊軻「擊筑並歌」：『風蕭蕭兮易水寒，壯士一去兮不復還。』又是何等悲壯，這風應是「北風」。詩經「蓼莪篇」亦有「南山烈烈，飄風發發」，及「南山律律，飄風弗弗」，這風也是又急又寒的「北風」。

進入初冬，又逢冷氣團來襲，溫度驟降，氣象報告，台灣玉山、合歡山皆有可能降雪。晚間寒風襲骨，讓我憶起民國五十九年大學聯考錄取，上了一學期課即調到成功嶺參加第一期寒訓及大學畢業調至馬祖服役，承受冬天冷冽的寒風，讓所有受訓與服役在本島與外島的軍士官兵們感同身受，永遠難以忘懷。

（筆於二〇一九年十二月七日 山城之夜）

喜宴之後

十二月七日，與妻赴台北大直典華飯店參加摯友，前國立台灣戲曲學院張瑞濱校長娶兒媳之喜宴，晚上六點半開席，席開近百桌，冠蓋雲集，我陪妻坐素桌，洪安峰教授知我坐素桌，乃坐同桌暢敘，主人僅準備一桌素食，尚唯恐坐不滿，特別拜託我坐素食桌，豈料開席後素桌很快即滿桌。回顧多年前我三位子女婚宴在山城苗栗的栗華飯店辦理，拗不過妻的堅持說是給三位子女做功德，因此三位子女的宴席，全部素食宴客，我學佛不精，真不瞭解如此素食宴客，三位子女是否真正得到功德。

宴會近尾聲，我夫妻與洪教授先離席，一同搭捷運至科技捷運站，下車後轉乘計程車，先送洪教授回師大附近下車，再直接到永和兒子家住宿。

原打算翌日星期天至士林官邸欣賞最後一日的「菊花展覽」，豈料早上七點躺在床上，左腳劇烈抽筋，疼痛難擋，想起網路或友人所說的一切秘方，依然無效，家中準備的鈣片又未攜帶，此刻心跳加速，臉色發白，妻在旁不知所措，忍痛近十分鐘方恢復。與妻商量可能不方便去士林官邸賞菊，早餐未吃即與兒子打過招呼，匆匆叫了計程車到台北轉運站，搭乘國光號返回苗栗，再服用鈣片，順便用「賴」轉知友人未能賞菊原因，有數位友人除了告知服用鈣鎂或其他方法外，更把他們前些日去士林官邸賞菊盛況的照片或錄影轉傳給我欣賞，甚是感恩。

妻星期日午後，趕往淨覺院參加共修法會，我即在家整理中庭客廳，調整兩大書櫥與書櫃的位置，花了好大心力搬東移西，五點許天色漸晚，擔心妻這些天「佛七」法會結束，走路回家爬坡恐多不便，於是這期間每天下午五點我皆準時開車去接她。星期一上午七點半她又行走二十分鐘至寺院參加「佛七」共修，我又重新把中庭客廳擺設調整，圖書也再做分類，中午前大功告成，妻不在家，我只得騎車下山至街上買個排骨便當回家充饑。

（筆於二〇一九年十二月九日 山城之夜）

台北二三事

這月十三日，又逢星期五，西洋或我們民間傳統說這不是很吉利的日子，我夫妻依例上午搭車到北榮總回診，下午看完報告，醫生訝異我飯前血糖飆高至三百以上，一再叮嚀我飯麵少吃，多吃清淡青菜，澱粉及含糖飲料更要忌口，有「糖尿病」更要按時服藥等等，我瞭解「糖尿病」嚴重的後果，乖乖聽從醫生與護理師及妻的警告，不敢再逞口慾了。

傍晚住進小兒俊良在永和的家，傍晚帶著三個小孫子女到小兒住家附近所開設的西餐廳用膳，小我五歲的親家公也同來餐廳一敘，閒談中了解餐飲業經營不易，永和已有近三十家餐廳陸續歇業，我們仍擔心小兒餐廳營業的慘澹，但我夫妻幫助又十分有限，幸好兒子媳婦餐廳（貓子晒太陽）餐點有相當特色創意，假日客人仍多，暫時可度過難關。

吃過晚飯，帶孫子女回到住處不久，見兒子媳婦慌忙回來告知，親家公回到自己住處三樓門口，一不留神滑倒樓梯間，造成左大腿髖關節斷裂，救護車緊急送至中和雙和醫院，次日即準備開刀手術。翌日，我夫妻在兒家多待一天幫忙照顧三個小孫子女，並教導背誦唐詩，小孫子女年紀小記憶力強，很快背熟五首唐詩，各獎勵五十元，小孩讀書啟發性與獎勵性優於責罰式與填鴨式教學呢！

第三日，星期天上午準備回苗，我夫妻就近於水果攤購了些蘋果與水梨，然後搭上計程車直赴雙和醫院探視手術後的親家公，親家母在旁悉心照料，待了二十分鐘，我們即起身告辭，祝他早日康復。走出醫院大門，我們招輛計程車準備至台北轉運站轉搭國光號回苗，不料上計程車前我慘摔一跤，當時不覺大礙，即上車至轉運站搭上午十點半車班，回抵苗栗已近下午一點，我即轉訊摔倒情形給小兒、芳妹及媳婦，他們皆緊張關心。是的，真如友人所說，年紀不輕了，隨時隨處定要小心謹慎與注意安全，看看自己都近七十歲，不再是年輕小伙子，一定不可再逞當年勇啊！

（筆於二〇一九年十二月十六日 山城之夜）

懶散如我

記得我青少年時期，體力充沛，精力旺盛，經常在放學或假日往野外奔跑；似乎想藉此紓解學校功課之壓力。母親總會讓我先掃地，老屋旁種植了數棵龍眼樹，樹葉不時掉在屋前通道上，我懶懶的揮揮竹掃把，三兩下把落葉掃成堆，然後就跑走。母親說我掃地如寫大字，常掃不乾淨，我總會回應母親：「媽！剛掃乾淨，樹葉又掉落，不如三天掃一次吧！」母親說：「你中午吃了飯，晚上就餓了，不如三天吃一餐飯如何？」我就是如此懶散。洗澡也一般，冬天還好三兩天洗一次，夏日滿身汗臭也不願天天洗澡。真是，家裡有我這位「逐臭之夫」。

念大學住校一年就搬到校外「學生公社」住宿，一人一間，環境奇差，沒人監督，穿過的襪子堆放在床底下，沒襪子換時就往床下撈幾雙襪子出來聞聞，不臭的就穿上，趕著到學校上課。在外住宿花費多，就從家裡帶來電鍋，買了些麵、雞蛋，晚上下課回來，自己煮晚餐或宵夜，雖有獨立生活的自由感覺，但個性慵懶的我，屋子凌亂不堪、有礙觀瞻，不敢讓同學們來參觀。大學生活雖然浪漫，仍沒改變整齊清潔的好習慣，心想以後娶的老婆希望很會做家事，別似我有隨手丟東西的習慣才好！

民國五十九年大專成功嶺寒訓時，教育班長要求每位學員要將棉被摺疊成四四方方似「豆腐干」，我與幾位學員偏偏摺得像「饅頭」或「麵包」，當然免不了要被禁足。大學畢業服役歸來進入社會，結婚前仍難改懶散惰性，民國六十六年六月二日結婚，妻子雖然任教職，但重視家庭環境整潔，迄今子女皆婚嫁後，只剩我兩老，偌大的房子整理清掃殊為不易，只好像學校分工責任區，妻負責中庭與住家一至四樓的整潔，我則負責外客廳、書齋及小動物園，我有時懶惰藉機推託，妻則很堅持原則，要我先掃地再拖地板，家裡土地百多坪面積，整理起來可不輕鬆，尤其遇親友要蒞臨寒舍閒敘，還不得不臨時抱佛腳把客廳打理一番呢！

（筆於二〇一九年十二月二十四日 聖誕夜）

故鄉老家行

日前與政鈞堂弟同返新竹參加宗親座談後，直接驅車回芎林老家拜訪八十歲的二哥金松，請益宗親會重組人選事宜。

在我五兄弟中，二哥歷練最多，照顧家族兄弟妹不少，功不可沒，在父親事業失敗之際，他二十餘歲即扛起家族木材與土木工程之重要責任。而我能從屏東返故鄉就讀而至大學畢業，所需學費多靠二哥辛苦打拼得來，他也為父親從政鋪上一條平坦的路途，無怨不悔地至花東地區奮鬥，家族靠他一人為支柱，非常感恩他。

二哥金松事實上非常孝順父母及照顧兄弟，當年環境困頓，他節衣縮食，寄錢孝親、照顧弟妹，他意志堅強、個性剛直，也是從小刻苦奮進所淬煉出來的。從基層勞工而躍升至土木營造公司負責人，其間過程所歷經的辛酸苦辣，真無法與外人道也，因為他對宗親會中的成員幹部有調和鼎鼐的能力。我與政鈞以宗親會顧問名義，非常誠意向他求教請益，他難得受到我們推崇尊重，可謂知無不言，言無不盡。我拿了數本官氏淵源小冊與我祖籍世系表，請他過目並請轉發其他兄弟瞭解，我更答應他安排在近期邀請幾位熱心之宗親人士到他家座談，也激發他對宗親會燃起服務奉獻之熱忱，二哥與我承傳了父親熱心服務的血緣，期許在有生之年為宗親會做些有意義的貢獻。

傍晚時分，我們趕至二重埔宗親會榮譽理事長德男宗長府上，為過世三天之德男嬸拈香，並向其家屬致哀後，我們即上二高轉中山高返回苗栗，此時街市已燈火通明，我們找了一家牛肉麵老店匆匆解決了晚餐，再由政鈞把我送回家。

翌日，雨下個不停，早餐後即載著妻至她信仰寄託的淨覺院參加「禪七」，並約好下午四點半再去寺院接她回家。退休多年後，我們夫妻作息彼此尊重，我驛馬星動，沒事習慣東奔西跑參加外界活動與親友廣結良緣。妻則多數時間在家整理家務，並定時至淨覺院參加法會或至苗栗慈濟書軒擔任志工。是的，已屆這般年紀，我們一定要有所寄託，歡喜即可。

（筆於二〇一九年十二月二十九日 山城木鐸書齋）

元旦有感

今年元旦一早，一如往常載妻到淨覺院參加「禪七」法會，然後順道去拜訪剛邁入八十四歲的黃慶霖校長，贈他一罐阿里山茶，只當是新年賀禮。回家看著我昨日在屋前窗戶上張掛著一面大型之中華民國國旗與兩旁隨風飄揚的小國旗，心情突然有著激動欲淚的感覺。多年來我所住二十幾戶的社區，也只有自家掛著國旗，而且是長年張掛著，這個國家在民進黨執政後，不承認中華民國，更不屑中華民國國旗，長時期來我們許多人心在淌血，眼在流淚。

二〇二〇年跨年之夜，我起來觀賞電視，或許因為總統大選即來之影響，不似往年的熱絡，除了如往年的放煙火，請知名歌星瘋狂飆歌及台下歌迷隨之起舞外，我突然感到一種孤獨與無聊，或許是邁入老年了，度過滄桑的歲月後，也該在舞台上退下，讓年輕人領航著各行各業，也感恩科技的發展，讓我這位老朽尚能在手機的「賴」裡，每日與摯友親朋互為問好與轉發最新最快的各種新聞訊息。

我隨手拿了本胡適所著的「四十自述」，重新仔細閱讀，感觸良多，我們只看到他一生輝煌的成就，未能體會他童年生活的苦悶與奮鬥的過程，許多人說我與他年輕時面貌有那麼幾分相似，也崇拜他一生榮獲三十六個博士學位（含榮譽博士），兩岸迄今無人能及。雖然一甲子年歲後，我僥倖得一個「榮譽博士」與一個「榮譽教授」，是有點臉上貼金，但胡適始終是我學習與感佩的一位能者與賢者。

記得千禧年那晚受誼妹阿芳夫妻之邀，借宿她台北天母一夜，跨年之際在其電視機旁猛用相機拍「一〇一大樓」煙火秀，感動與喜悅之情掛在臉上，如今一幌已二十載，於是撥了通電話給她賀新年，彼此皆感受歲月不饒人，希望我們都能活在當前，把握當下，善待自己與自己一生所遇到的有緣人哦！

（筆於二〇二〇年元旦 山城之木鐸書齋）

化雨春風後

從民國七十八年，三十九歲卸下黨務工作後，我轉換至教育跑道，直至民國一〇一年六十二歲申退，在私立高中職校共教了二十三載，前後教了四所學校近千位學子，算是桃李滿天下，畢業出來分布在各行各業，有平凡的，也有不少有成就的，他們如今至少三十歲，多的也五十多歲，在補校上過我課的，許多與我一般年齡，甚至於比我大上好幾歲，感覺上年齡愈大的學生比較懂得上進，也比較尊師重道與敬老尊賢。

在路上或到公司機關辦事，常會遇到自己教過的學生，一聲「老師！老師！」喚起了自己在課堂上「化雨春風」的日子，學子忘不了我在課堂上以故事啟發教學的方法。教國文時一定引經據典補述，作文時，要學生一學期寫五～六篇，我一樣寫五～六篇，甚至於將自己在日夜間部所任教國文班級學生，每人寫篇最得意的文章，經我修改彙成厚重一本「飛躍青春」。每人成了作家，經出版社出版每人買一本，不足三萬元印刷費全由我負擔。畢業多年，他們多數還保留此書，畢竟書中有他們的大作，自然會典藏下來，也是一種難得又愉快的回憶。

退休下來，我多在家裡進德修業，家務事也得與妻分擔，常遇到水電、汽機車有故障時，不得不請公司老闆或服務人員前來家裡修復，經常會遇到自己與妻所任教過的學生，妻在國中教過的學生，到我高中職來，也常被我教到，學生對我夫妻自然印象深刻，對老師自然有所優待，服務品質也自然提升。當我開車或騎車在街市，偶會遇到警察臨檢，也常遇到自己的學生當警察，他們對老師多表關懷，令人窩心。常想「燃燒自己，照亮別人」的教學生涯，總會受到一些學子的反芻回饋，在世風日下師道日微的今日社會，也是一件難得的境遇。

老師對學生常希望「青出於藍，而勝於藍」，如同父母對子女的期許，我也常抱持一種「學生的成就，也是老師的榮耀」，想想自己奮鬥一生的小成就，也是任教過我的恩師，常掛嘴邊的讚美呢！

（筆於二〇二〇年一月二日 山城之夜）

小龍往生

我家於民國七十四年春天豢養了一歲的台灣獼猴小龍，於今年（民國一〇九）年元月八日凌晨壽終往生，享年三十五歲。翌日，我請人將之送往新竹市香山區：「愛的寵物天堂」火化樹葬誦經。另立一年牌位並於每年農曆七月在苗栗市淨覺院地藏法會時立牌位，期望牠能往生西方極樂世界，希望至少能脫離六道輪迴中之畜生道。

三十五年來，每日幾乎是我在餵食與定時清理猴舍，雖說不是「寵物」，但日久自然有默契與感情，牠帶給家人與朋友歡樂，我的親友與學生來訪時，自然會先到後院猴舍看牠，拿我準備好的水菓給牠餵食，牠始終胃口奇佳，食量也不小，是雜食性動物，每日定時一餐，因個性溫馴，甚受家人喜愛。牠只比我兒子小一歲，可以說陪我三位子女度過成長中的童年、青少年歲月，直到三位子女唸大學與成家立業，方很少回家與牠互動，牠的死亡，相信不只是我夫妻，三位子女也一定難過不已。

小龍是靈長類動物，青少年期也有叛逆期，有一次趁我出國時從籠中脫逃，鬧得鄰居雞犬不寧，待我度假回來，牠方從附近大樟樹上爬下來，乖乖跟我回家，我再以水菓誘回鐵籠內。有一回牠將我買回之八隻天竺鼠吃掉兩隻，因猴籠與鼠籠兩隔壁，天竺鼠會利用空隙鑽到猴舍，當天我尚未餵食，這偷渡猴舍的兩隻天竺鼠自然成了牠的美食，經我發現狠狠用竹子打了一頓。另回，一隻山上流浪母貓帶了六隻小貓正要攀越猴舍旁之圍牆時，一隻小貓不幸被小龍抓住後腿，準備拉入籠中，母貓見狀淒慘哀鳴，我正在旁邊園地工作，見狀立即將手中竹子丟擲過去，方救了那隻小貓。翌日，我騎機車準備上班，只見那隻母貓帶著幾隻小貓在屋前路旁向我喵個不停，似乎在感激我昨日的救命之恩呢！

目前家中後院園舍尚養著白背鷳、金雞、日本雞及富貴雞四隻，算來也已養了十來年，妻不希望我再養動物，免得以後難過，我只好拜訪專事鐵工的好友鑫星兄幫忙，俟明日（十一日）總統、立委選舉投票後，春節過年前能將猴舍之鐵籠拆除，整修後準備作為古物室之用啦！

（筆於二〇二〇年一月十日 山城之夜）

今年年味

距投完總統、立委大選選票，至農曆年過年剛好兩星期，許多家庭因父母與子女所支持對象不同產生了不少摩擦，甚至家庭革命。選前的文宣炮火延續到選後的人際氛圍，嚴重影響了親子關係與朋友情誼，似乎不是短時期能恢復彌補彼此心結與傷痛。其實　國父孫中山先生在民國六年的一場演講，就預言了百年後的台灣現況，一次次出現封建專制，行政官員視法律為糞土，民國應是「博愛」之國，因爭權奪利、民主與共和卻成了不可及的夢想。

台灣已然成了一座孤島，內憂外患，在外成國際強權的棋子，在內長期藍綠惡鬥，政黨多次輪替，藍天綠地本是美麗的風景，卻成了民眾美麗的泡影，彼此被貼上了藍綠或其他顏色標籤，國家要如何定位，國旗、國號要如何認同。這次大選難得看到中華民國國旗旗海飄揚，有人激動吶喊，有人哭泣、落淚，無論選戰結果如何，許多人愛到最高點，就是心中有國旗，長久以來，我家內外始終張掛著大面國旗，甚至於多年前在雲林滾滾塵土的馬路上，冒險下車搶救了遭一輛輛車子輾過的一面國旗，回來洗淨張貼於屋前，無論藍綠朋友，見之有一股股衝動與感動呢！

今年除夕圍爐，一如往年兒子媳婦帶著三位孫子女回來，對這尚讀國小低年級的小孫子女們，除了白天與妻陪陪她們至附近校園騎騎腳踏車，晚上要求背背唐詩，或灌輸一些基本倫理孝道思想外，在他們幼小心靈中，我實在無法給她們說國家大事，以我這七十歲老人，也未必知道她們未來的價值觀，我夫妻只希望以欣賞讚美的角度，來看待他們出生在我這一家，期許他們能健康成長即可，我無法也無能承擔太多的責任，一句句「放下！放下」的佛教歌曲，正告訴我「老身、老伴、老本、老屋及老友要顧好！」其他的大事，我們老人家真的是承受不了。

（筆於二〇二〇年一月二十五日　山城之夜）

尋親與交流

我台灣官姓宗親顧問團在顧問佳岫積極牽線協調下，終於完成聯繫策劃與馬來西亞兩個官姓宗親會（西馬雪隆官（上官）氏公會與東馬砂拉越官氏宗親會）兩場座談會及三地官氏聯歡春宴，場面之大，人數之多，規模之高，實屬首見。在參訪過程中有可樂旅行社小美的隨行溫馨照護及西馬、東馬兩地資深地陪帶領，我們一行十七人參觀了西馬的皇家雪蘭莪錫蠟博物館、中央市場（馬來傳統露天市場）雙子星塔花園廣場、千禧星光大道、巴比倫購物商場、太子城粉紅清真寺、千禧紀念碑及東馬的古晉古街巡禮（亞答街、海唇街、大伯公廟、華人歷史博物館等）最後抵達石隆門民眾會堂參加多達八百多名官氏宗親的新春聯歡晚宴，兩組官氏醒獅隊並於會堂前迎接我們，令人驚喜與感動。

晚宴中，由砂拉越官姓宗親會庚子年新春聯歡晚會籌委主席兼副會長錦鎮宗長主持，並由口齒清晰，經驗豐富的初中校長辰陽宗長擔綱司儀，有福宗長則擔任全場策劃與接待。春宴開始，全體先唱國歌、州歌，再唱官氏之歌，之後安排了當地學校子弟表演多項民俗技藝與舞蹈。

在主持人致詞後，先後邀請了西馬雪隆官氏公會會長添發宗長、台灣官姓宗親顧問團團長龍影及砂拉越古晉省華社最高領袖天猛公拿督斯里陳如飛先生致賀詞，全場氣氛熱鬧非凡，令人沸血奔騰，感動不已。春宴進行中也安排兩位宗親歌王高歌數曲，在春宴圓滿結束後，我們仍依依不捨，正如將接任新竹縣官姓宗親會理事長有河宗長會後所發表之感言：「如火的熱情，顛覆了台灣官氏宗親的內心，您們的溫度，溫暖了兩地親情，沒有距離隔閡，也沒有時光界限，官氏宗親歷史性的交流，促成了親情上的提升，不只會是開始而已，寄望如連續劇般一幕幕上演，期待的是，官氏宗親血濃於水，密不可分，最為珍貴的親情，歷久不衰，綿延千萬年⋯⋯。」

這次交流活動甚是圓滿成功，除了感恩西馬雪隆官（上官）氏公會會長添發宗長父子及副會長德志宗長、教育主任月英宗長及全體宗親幹部的熱情接待外，也要感佩東馬砂拉越官氏宗親會會長有福宗長，聯歡會籌委會主委錦鎮宗長、秘書長紀禮宗長等的高規格接待，我們台灣官姓宗親顧問團聯誼會及新竹縣官姓宗親會，相信在為宗親義無反顧的副會長有文宗長，極具深謀遠慮與智慧的有河宗長暨各級宗親幹部們合作奉獻心力下，能聯合中國大陸原鄉、東馬、西馬與國際接軌，並逐步進行世界官姓宗親會之情感、產業、族譜、文化、藝術經濟等多元交流，則不負榮耀我官氏祖先的歷史責任與薪傳後代的宗族使命。

我們訪問團這次與馬來西亞官姓宗親交流之旅，可謂充滿了驚奇與欣喜，總幹事有波宗長與佳岫積極擔負了聯繫的責任。秀娘、麗雲穿梭在市集中，是十足的採購團長與副團長。德南宗長平時會議保持緘默權，私下在團員中幽默風趣，扮演著潤滑劑角色。有沐宗長與有進宗長兄弟，為人謙卑穩重，不喜多言，威政伉儷於團員中是標準的專業攝影記者與小美不放過每位團員活動的英姿倩影。有香宗長開始前兩日較含蓄，後三天則表現出高度的幽默與風采。有文宗長、有河宗長與我則把心思多放在與馬來西亞宗親交流的氛圍中，擔綱著交流溝通的角色，東、西馬的宗親會長幹部們一致讚賞我們是文化水準極高，探討主題內容極深的一支不卑不亢的訪問團，而馬來西亞宗親們所展現的高度熱情與誠懇也深深烙印在我們心坎中，的確，這是一次愉快成功的尋親之旅。

（龍影筆於二〇二〇年二月十五日 山城木鐸書齋）

我思我行

新冠肺炎自去年十二月起疫迄今三個多月，遍及三十五個國家，確診七萬七千多例，死亡近三千人，這世紀的疫情，搞得風吹草動，草木皆兵。

鍾南山院士在這段疫情蔓延擴散期間，再次強調：「『別出門』能不出門就不要出門，警告大家，一旦染上，就算治癒了，後遺症也會拖累後半生，這場瘟疫比十七年前SARS更嚴重，用的藥副作用更大，這是一場戰役，不是兒戲，收起你盲目的自信和僥倖心理，也收起何事不關己，高高掛起的態度，在這場戰役中沒有局外人。」

的確，我們每個人要以戒慎恐懼的心態來面對，這段期間二月六日至十一日，從帶團至馬來西亞訪問官氏宗親回來後，我就推辭許多的團體聚會，除了探視前東泰高中 吳兆乾校長及福安宮 劉炳均主委外，我皆閉關在家避疫。偶或夫妻驅車前往附近山野賞櫻花或魯冰花，開闊的綠野可洗滌身心之塵。大選過後去拜訪前國民黨苗栗縣黨部李錦松主委，他感慨的說：「我們已逾七十歲，國家大事就交給年輕人去承擔，我們已無能為力。」年逾八十歲吳兆乾校長也感慨說：「家庭教育應負責『管』，學校教育主要在『教』，時代變了，年輕人價值觀丕變，家庭與學校已無法有效『管教』學生。」尤其出了社會，有些年輕人倫理道德文化已蕩然不存，目無尊長、嗆聲不斷，令人無奈與感傷不已。早期五十年代，我們這一代念中小學時期，普遍貧窮，晴耕雨讀，父母一句話：「以後要拿鋤頭或拿筆，一切看你自己。」有讀書機會拼命苦讀，日後功成名就才能衣錦還鄉，如今年輕人要父母傾聽、要溝通，不如意則怪怨父母甚且鬥爭父母與師長，不下中國大陸早期之「紅衛兵」，缺乏感恩父母生養及師長教育之心，令人扼腕。

我夫妻已入七十之齡，相當感恩網文提醒的「中老年講堂」，所謂的十項停止：一、停止浪費時間，二、停止存錢，三、停止回憶過去，四、停止生氣、五、停止抱怨，六、停止盲目攀比，七、停止孤獨，八、停止多管閒事，九、停止嘮叨，十、停下來深呼吸。是的，辛苦一生，該停下來犒賞自己了，錢夠用就好，多抽空到原野，多利用時間去拜訪您想念他們，而他們也想念您的親友吧！

（龍影筆於二〇二〇年二月二十三日 山城木鐸書齋）

苗栗模範母親——詹美鳳女士

詹女士民國三十二年十二月二十四日生，台中商專初級部畢，其夫陳勝雄先生苗栗縣稅捐處退休，退休後長期擔任苗栗縣稅捐處志工並榮任志工隊長多年，多年前曾當選中廣公司首屆全國模範父親，並於民國一〇八年榮獲苗栗縣志工銅牌獎、獲縣長徐耀昌先生頒獎。

詹女士個性隨和，平易近人，熱心公益不落人後，尤以教育子女有方，子孝孫賢。

一、長女陳小真，文化大學畢，現任文化大學教學組長。長女婿王國欽先生現任國立台灣師大觀光旅遊系教授。

二、長子陳奇淥，文化大學畢，長春石油化學公司擔任副課長。媳婦劉靜文現任渣打銀行 苑裡分行副理。

三、次女陳萱如，中興大學畢，現為陳萱如記帳士負責人。次女婿陳重安，現任台北市私人企業有限公司人事主任。

詹女士經歷與榮譽、公益：

一、曾任心欣婦女協會理事長，率團前往東引、烏坵等離島勞軍。

二、曾任華馨獅子會會長，並晉陞專區主席。

三、曾任苗栗縣工商婦女會理事長。

四、曾任苗栗縣記帳代理業理事長十八年。

五、參加慈濟功德會十餘年每年繳交會費一萬二千元。

六、響應苗栗縣社會局（處）捐款給弱勢連續三年，每年六萬元。

榮譽：

一、曾當選苗栗縣敬業楷模。

二、擔任苗栗縣女獅會會長多年，先後榮獲李登輝、陳水扁及馬英九總統召見。

結語：

詹女士歷任多項社團理事長，為人謙卑而誠懇，家庭和睦，鄰里和諧無爭，勤做公益，累積功德，是難得之賢達之士，足為一般母德之楷模，特此推薦。

※詹女士經推薦後，連續榮獲今年苗栗市模範母親及苗栗縣模範母親縣長表揚。

（筆於公元二〇二〇年二月二十六日）

孟春踏青去

二月中，自馬來西亞參訪回台後，「新冠肺炎」驚破全球，可謂風吹草動，人人自危，政府也禁止了群眾之大型聚會活動，專家們也在電視、報章、網路媒體上傳輸各種避疫的方法，譬如如何戴口罩可避免飛沫感染，如勤洗手，噴抗菌液，以確保居家與自身安全等等。全國甚至於全球上下，不分人種，不分老幼男女，不分貧富、階級，在政府積極宣導控管下，進行著看不見敵人的隱形又恐怖之抗疫戰事。

際此孟春時節，我思考每週三帶著賢妻到縣內鄉野踏青，在開闊的林野間，既可達到避疫效果，亦可在山水間無憂地賞景，達到身心靈合一的境界，因此規劃每回的半日野遊。

這些日我們驅車至苗栗縣公館鄉協雲宮附近賞櫻，櫻花正盛開，可謂落英繽紛，山間依然如去年的雲霧縹緲。也到聯合大學八甲地附近欣賞平疇遍野的「魯冰花」，它象徵著客家人的「母親花」。我們更沿著頭屋鄉明德水庫環湖繞路至獅潭鄉境，山迴路轉，一路山青水秀，杜鵑花開。約莫半個多小時方抵達摯友榮宗之山間民宿，他夫妻在民宿周邊所栽植的櫻花、炮仗花及邊坡所種之菓樹，蔬菜，典型成了一座桃花源境。只見榮宗頭戴斗笠，身著工作服，一付樸實的村夫模樣，誰也難臆測到，他曾任公立高中學務主任及秘書，並代理校長一年的教育工作者。我們兩對夫妻暢談政治、寫作與子女教育，意猶未盡，中午在附近餐廳，接受其盛情招待，飯後即告辭，沿著台三線前行，我與妻至路邊詹姓代表會主席之草莓園採擷草莓，享受田園樂趣。

在山中賞花之際，心中的感受，頗有白居易之「花非花，霧非霧，夜半來，天明去。來如春夢幾多時，去似朝雲無覓處。」進入孔子所謂之不踰矩之年後，更有「盛年不重來，一日難再晨，及時當勉勵，歲月不待人」的衝動，也只有在李清照之「感月吟風多少事，如今老去無成」的感嘆下，把握當下，善緣親友，分享生命中充滿驚喜的每一時刻。

（筆於二〇二〇年三月一日 山城之夜）

單純的回首

民國四、五十年代，我正唸中小學，記得國語課本的內容很白描，也很有詩意。至今尚能朗朗上口：「天這麼黑，風這麼大，爸爸捕魚去，為什麼還不回家……。」「滑翔機，真神奇，飛上天空去遊戲，訪一訪太陽的家鄉，探一探白雲的秘密，天空的景色多美麗。」「春天裡桃花紅，就像弟弟的臉兒那樣紅，春天裡李花白，就像姊姊的衣服那麼白……。」「上弦月啊！月如鈎，一半是喜，一半是憂，終於等到我們殺敵的時候……。」「你從前方來，你從前方來，因為你是一個鬥士，在創造偉大的時代，一杯水酒，幾碟小菜，你笑了，笑得那麼自在，因為，因為你從前方來……。」時隔兩代，環境背景迥異，現代國小學生唸的是唐詩三百首、弟子規、千家詩及靜思好話集，比起我們那個年代更深更難。

民國四、五十年代我們唱「雙十國慶歌」、「台灣光復歌」，「國父逝世紀念歌」至今仍能輕鬆哼唱，現代年輕人連這些歌詞歌曲都未聽過，過去學校有中心德目：「禮義廉恥」「四維八德」及「青年守則」，現代年輕人多不知倫理道德。民國五、六十年代，我們大學聯考，錄取率百分之十幾，現在錄取率幾乎百分之百，過去傳統家庭多子多孫多福氣，如今年輕人不婚族，不生族一大堆，受了少子化衝擊，各級學校招生不足，學校不是裁併，就是減班減人，過去大學僅二、三十所，考上大學，如同考上狀元，鄉村更會放鞭炮同慶。如今大學上百所，學生沒有考不上的理由，但素質層次也相對變低，少子化的影響所及，父母寵愛，打罵教育不再，管教方式難理，社會倫理紊亂，難道是我們這一代的思想已老化古板不合時宜，以致不能適應新一代的多樣性新思維嗎？

我們這一代曾歷經不少苦難，自然會珍惜得來不易的榮譽與果實，每當聽到與自己同一年代出生的親友一個個離去時，除了悲傷，更有倖存的恐慌，往後回顧那只是一部歷史，往前遠瞻，也已是不可觸及的理想，在網路中，偶而可在同年代的網友中，取得同溫層的感受，那就是要把握當下，樂活當下，把握住自己老伴、老身、老本、老屋與老友，才會無悔此生呢！

（筆於二〇二〇年三月三日 山城之夜）

第三輯　正義的青天筆

生命歸程

當民國九十四年底某日，我在高中正任教夜間部國文課時，突然感到一陣暈眩，兩手急扶著講桌，問學生是否有地震，全班均回答「沒有」，隔日我到市區一家私人診所驗出白血球過高，輾轉至新店慈濟醫院看診，沒結果後再轉診至台北榮總血液腫瘤科，抽過近十次骨髓，醫院驗出是「慢性骨髓性白血病」，同時期我所任教一位學生罹患了急性骨髓性白血病，俗稱的「血癌」，白血球高達三十萬，不久即過世。聽聞企業大亨郭台銘之弟郭台成也不幸罹患急性骨髓性白血病，其兄雖花費不少錢急救，仍離世而去，其兄悲慟不已。我罹病之初，有些關心我病情的友人，幽幽地說：「以前無此鏢靶治療新藥時，我僅多再活五年生命。」感恩上蒼慈悲及北榮總邱宗傑主任的妙手回春，讓我迄今藥療控制良好。

羅病期間最辛苦應是我妻淑靜與誼妹錦芳，十五年來我風雨無阻到北榮總定期回診，此期間時好時壞，三個月一次的精密檢查，正常指數是需達四點五以上，我一度藥性不合，連換幾種新藥無效，精密檢查竟下降至二點八左右，經邱主任緊急換回第二種「泰息安」方逐漸上升，至三月六日回診報告出爐，逐漸回升到四點四二接近四點五的正常指數。

自小迄今，我身體不算健壯，母親多為我憂煩，而我也從鬼門關回來幾次，更比一般人懂得珍惜生命，與瞭解生命的意義。記得富蘭克林曾說：「人會為意義而生，也肯為意義而死。」尼采說：「懂得『為何』而活的人，差不多『任何』痛苦都受得住。」海明威的墓誌銘：「恕我不起來。」及泰戈爾詩：「生時燦如夏之花，死時美如秋之葉。」我記得二十五年前從台北調回苗栗任教時，在自己生活規劃中曾預定以後的墓誌銘是「教育化風雨，文學悟心靈。」胡適先生一再強調「生的時候為死的時候做準備，是一種慈悲。」我不知自己是有智慧還是愚痴呢？

有生必有死，棺材是裝死人不是裝老人，每個人都希望那天來時能有尊嚴，我們在人生旅程中，既然踏浪而來，也將乘風而往，當那天真的來臨時，期許我們能互相祝福，不再哭泣吧！

（筆於二〇二〇年三月八日 木鐸書齋）

今春的心思

退休下來每日皆是星期假日，雖說釋放了本職工作，也紓解不少壓力，但偶而也會感到惆悵與茫然，手機網路升級後，天下知識訊息可謂無遠弗屆，只是一些真真假假，是是非非，把自己也搞得頭昏腦漲的訊息，如無基本的辨識能力，常會隨著真假新聞起舞，沒有自己定見，淪為人云亦云的行屍走肉。但多數的訊息帶給我們正能量的知識，也要感恩這些發訊的專家與轉傳的親友。

受了「新冠肺炎」疫情影響，全球可謂風聲鶴唳，多數國家政府醫療團隊慌了手腳，而我們台灣防疫得宜，衛生福利部陳部長領軍下的全體醫護人員可謂功不可沒。相對的，疫情的蔓延，影響所及，百業蕭條，盛況不再，尤其中國與義大利一些國家封城措施，更使人心浮動，真心期許此世紀瘟疫能早日過去，讓全球人民恐慌心情得以平復，並回復正常的生活，而政府強力執行的隔離措施，我們百姓更應配合，在這段日子是絕對應該共體時艱，同舟共濟，才能度過難關，也顯示人溺己溺的基本人道精神。

我個人免疫系統較差，進出醫院是常事，這段期間我也減少許多的聚餐與集會，透過手機與親友接觸，有空則與妻整理家園，在不滿兩坪的空地上，先後種植了一株李子樹與一株櫻花樹，期盼明後年能花開自賞或請友人同來共賞。

「靜園」兩年前處理掉後，配合社區改造在木鐸書齋前掛滿奇花異草，以美化社區環境，可謂一舉兩得。只是社區內有棵大樟樹，它雖是社區近二十戶的守護神，但極易風吹葉落，滿地的落葉讓附近住戶不堪其擾，十多年前我家屋前種植一棵鳳凰樹，每至夏日，滿樹花開，蟬鳴鶯啼，落花滿徑，尚不捨掃去，同樣是落葉與落花，人們本能上較喜歡落花的詩意吧！即如櫻花、油桐花盛開時翻飛一地，也吸引許多遊客不遠而來欣賞呢！

（筆於二〇二〇年三月十日 山城之夜）

家居隨筆

在苗栗市木鐸山社區一住就四十二載，從原來的八戶人家增至二十戶，民國七十四年間，我增購了屋前空地六十坪，簡單建構成「木鐸書齋」，因此在社區中我家空地一百二十坪。書齋於三年前依法申請門牌號碼，兩間偌大的房舍只有我夫妻棲遲，子孫偶而過年過節回來團聚，活動空間寬敞，足夠我倆規劃用途。小龍去年老去後，我將猴園改裝為古物倉儲室，算算兩棟房舍至少隔了十八間呢！

我與妻個性迥異，我驛馬心動，喜交遊奔波，妻則內向好靜，兩人退休後蒔花藝草偶或參加慈濟或淨覺院志工活動，她深愛佛學，我醉心文藝，在不衝突的原則下，夫妻應該算是很契合。家裡生活簡約樸實，但在客廳擺設佈置上，我的確花了一些心血，畢竟往來親友不少，讓賓友在客廳閒敘有溫馨的感覺。家裡無貴重物品，唯有書籍與照片不少，晚間自坐客廳，環顧所佈置與獲頒的獎座、匾額或放大的幾張榮譽照，雖不算珍奇，但可孤芳自賞，對我夫妻而言也可謂意義重大。

「靜園」於兩年多前轉賣給有緣人游先生後，我有更多時間陪妻出遊踏青於鄉野間，散步在校園裡，悠然自在。這兩三年來，我因眼疾淡出喜愛的桌球運動，轉而將精神投注在台灣官姓宗親顧問團與族譜的整編上，想想我們每個人來此世間，皆有自己的使命與目標，上蒼的安排與菩薩的保佑，我們常懷感恩心。

長居在此木鐸山莊，因住家坐南朝北，每年冬天則北風呼呼，夏日炎炎，春雨綿綿，秋蟬唧唧，四季復始，萬象更新，感受自然深刻，也別有一番詩意。偶而有摯友晚間來訪，我們老友會不拘禮地暢論天下事，我夫妻則以水果茶點招待，彼此以茶當酒，一杯復一杯，促膝長談，所謂有朋自遠方來，此乃人生一大樂事也。

（筆於二〇二〇年三月十二日 山城之夜）

淺談疫情

最近東森電視「57報新聞」終於公開質疑了去年十月美軍派往參加「武漢軍事競賽」人員是有問題的，以色列情資也通報其中有「生化兵」，美國等於向中國宣戰，卻危害到全世界，這次疫情過後，全球一定興起反美浪潮。

這次「新冠狀病毒」肆虐全球，是誰作賊喊捉賊，回顧一九一五至一九一八年西班牙流感疫情大爆發，部落格有人提出質疑是美國軍人帶進的瘟疫，造成巨量人口的死傷，這次是否也一樣透過美國軍人的感染，傳進中國引爆武漢，令人不得不合理懷疑。

中美始終是兩大強權競爭未曾停止，早期分別代表極權與民主，美國對小國的干涉公親變事主，我們台灣在兩大強國中，成了一顆棋，無論是歷史的包袱或戰略地位，也是時代的悲劇，應如民國六十七年中、美斷交時，經國先生所提出的口號「莊敬自強，處變不驚。」「沒有衝不破的難關」「沒有打不敗的敵人。」國內要如何凝聚力量，團結一致化解撕裂的紛爭，國外則要如何延攬外交人才，並提高競爭力與世界接軌，取得雙贏的局面，這需要領導人的最高智慧與國人憂患意識及知識水平的提升。

我們皆有愛國意識，政黨間相互的激化凝聚共識，讓台灣被譽為防疫的「模範生」，值得慶幸，感恩各宗教團體的祈福、集氣，期望這次世紀的大瘟疫能盡快消逝，讓世界各國百姓得以回復正常的生活，幸哉！

（筆於二〇二〇年三月十六日 山城之夜）

勉力而為

對一件事情明知自己能力無法達成，卻迫於環境，不得不努力為之，如此明知不可為而為之，固然可能會嚐到失敗，但也可能「有志者事竟成」。在生命過程中，無論是學歷或經歷，許多人都會有類似的經驗，值得當大家的參考借鑑。在我個人小小經驗中，願提供出來，那就是除了一點能力，就要有運氣也要有勇氣，才能在壓力中發揮潛力，慢慢地來成就自己。

民國四、五〇年代，經濟蕭條，農業社會中，大部分父母為衣食煩惱，只求溫飽，上學求知是一種奢侈，即使有書唸，放學後農務家事少不了你的份，因此我在中小學這階段，工作與童玩的時間比讀書的時間多得多，學校考試與排名，總是從後面往前數，說真的，貧窮的年代，我困苦的家庭，如非家父的嚴厲與期許，不可能精進向學，在當年大學錄取不到兩成的機率下，我幸運地擠入大學窄門。

民國六、七〇年代，服兵役歸來，因在馬祖擔任三民主義教官，順利考上國民黨黨工，在當年戒嚴時代，記得八百多位大學畢業生至台灣省黨部參加筆試，筆試通過再經三關口試，最後由王唯農主委親自面試，最終錄取不到四十人。因當年黨職待遇比教師優渥，二十五歲充滿了愛國情操，在國民黨縣區黨部服務了十二載，因一次輔選任務不理想而自行請辭，轉任教育工作，感恩國民黨的淬煉，十二年間，我擔任過縣黨部專員、視導，文宣組長及三個鄉鎮黨部主任，期間我也勉力而為，獲得長官的厚愛與嘉勉。

民國八、九〇年代，先後在四所私立高中職校服務，在教育界服務後，才知當國中老師的妻又兼顧三位年幼子女，是多麼辛苦。在三所學校中，我老師兼秘書主任，一人忙三人的工作，薪水卻無妻的穩定，有時還得受同仁及學生的鳥氣，如非在黨的大染缸歷練，在依然升學掛帥的教育體制下，壓縮了老師應有的專業尊嚴，說得好聽是「春風化雨」，說的難聽只為了換碗飯吃，的確，為了生活，我們勉力而為，在燃燒自己，照亮別人。

民國一百年代，我六十二歲提早在學校退休，再憑自己興趣、努力與運氣，積極在文藝界發展，寫了一些散文與小詩，獲了一些附加值的虛名，如今轉眼已七十齡，健康雖亮起紅燈，我依然為我官姓宗親的組織與未來努力，這雖也是勉力而為，但期望血濃於水的宗親情感，將很快凝聚起來。

（筆於二〇二〇年三月二十四日 山城之夜）

轉念放下

記得小時候，村莊長輩給我取了綽號「小番」，因我個性桀驁不馴，遇事不順則易於衝動，沒有忍讓工夫，自然常會與人衝突，除了逞口舌之能，打架也是常事，但多是看不慣他人以強凌弱或以大欺小才挺身而出。尤其是在初、高中階段，好打不平事，有些親友譽我仗義勇為，不顧自身安危，母親常提醒我、告誡我說：「你如此衝動，以後不是打死人，就是被人打死。」當有人向母親告我狀時，我直挺挺讓母親用竹子抽打，母親邊打邊罵邊流淚，我也不逃跑，也不喊疼，只說「以後不敢了。」母親氣得說：「還有以後嗎？」

以我這個性，按理應該去考軍校或警校，偏偏父親不准，一定要我念大學，以為大學教育可讓我溫文儒雅，但大學期間仍好管閒事，為友人仗義直言，服役期間也多次與長官小衝突，但多為同袍打抱不平，因理直氣壯，讓大事化小事，小事化無事。進入社會工作，因性質是為民服務，濟弱扶傾，多了幾分同情同理心。到了教育界，所教盡是私立高中職及補校學生，學生成員複雜，教導學生也費了一番心血，將心比心，我瞭解需要更多的耐心。

教職退休前後參加了桌球隊、文藝協會、宗親會及一些宗教活動，瞭解到團隊的重要，不宜任性而為，縱然已是精神領袖，當更圓融的來處理問題，解決問題，盡量避免與人爭鋒。年輕時自己不免血氣方剛，如今面臨耄耋之年，不宜再動怒，妻過去常說我「罵人不必打草稿」，的確，我須多修身養性，要學妻「多點頭，多微笑。」

最近常與摯友英梯相聚請益，過去大家同為火爆浪子，不平則鳴，英梯如今個性開朗，遇事不計較，頗有「滄海一聲笑」的氣勢。我開始在學佛，脾氣也改變不少，過去疾惡如仇，如今將學佛的正能量超越了負面情緒，換個視角去看不喜歡的人，把對方當作「貴人」而「相看兩不厭」。昔日寒山問拾得曰：「世間有人謗我、欺我、辱我、笑我、輕我、賤我、騙我，如何處置乎？」拾得云：「只是忍他、讓他、由他、避他，再等幾年看他怎樣。」

佛說其實只要「無我」就可以成道，今世被人家欺負，是前世你欺負人家，依此邏輯推理皆是因果關係，理解此佛理，塵世間的恩怨與紛擾，應可讓人釋懷許多。

（筆於二〇二〇年三月二十三日 山城之夜）

眼疾之苦

去年夏日，我到台中慈濟醫院看診眼科，只因為左眼視茫茫，也因為口耳相傳那位年輕帥氣、醫術好、服務品質不錯的周兆峰醫師，能讓病人心安，寄予希望的良醫。於秋風颯颯之際，我被推進此醫院眼科手術室，幾位青春護理師在我耳畔輕聲細語下，我接受了痲醉，近兩個小時後被推出手術室，那是黃斑部病變，手術之後的半年，視力時好時壞，周醫師說黃斑部病變手術後易於增生白內障，上月回診後，依醫師指示等待今年六、七月白內障成熟時，得再開一次刀，眼睛即可大放光明，我期待著。

這般年紀自然是眼睛老化，視力模糊，長期的寫作與手機的藍光，自然難以即刻修復視力，帶著眼鏡量光，右眼一．〇，左眼卻仍在〇．三上下，縱使妻限制了我寫作時間與看手機次數，點了醫師指定的眼藥水，服了好幾帖中藥湯，依然有杜牧「青山隱隱水迢迢」的矇矓感覺。

早在唸初中三年級時，我即患五十度的假近視，因家境關係，家人未及時給我醫療或佩戴眼鏡，近視度數隨之加深，及至社會工作眼睛近視已從最初之五十度，而加深至五百度，架上了近視眼鏡，更顯得文質彬彬，但在運動或工作時，時常流汗，鏡片自然被熱氣所罩，顯得迷離，頗是不便。記得念小六時，班上只有一位男同學帶了近視眼鏡，全班同學封他為「博士」。意味著書讀得比一般人多，學問也比一般人好。

過去很長一段時間，我參加社團的桌球運動，固然比賽有勝負，也拿了一些代表榮譽的獎盃或獎牌，但主要的動機是訓練視力與反應能力，對開車或騎車有莫大的助益。假日與妻則至附近山野散步，讓眼睛多接觸青草與綠林，對視力也有不少的好處，常遇到週邊一些親友，年歲雖較我為長，然視力仍正常直逼二．〇，令人欽羨其保養有方。

眼睛的病變有多種，如：青光眼、白內障、近視、遠視、老花眼、散光、黃斑部病變、視網膜剝離、紅眼症（結膜炎）、乾眼症、飛蚊症、虹彩炎等多種，要如何保護這「靈魂之窗」是我們每個人，無論男女老幼所要戒慎恐懼的一門重要功課。

（筆於二〇二〇年三月二十五日 山城之夜）

筆指青天

我一位從中國西藏旅遊回來的親戚，感慨地向我說，她在當地的報紙上看到的多是小人物的奮鬥史與光明面的報導，對社會確有立志向上的功能。反觀我們台灣，因為各媒體的惡性競爭，所報導的盡是政治的紛爭與藝人的生活，尤其網路的興起，真假新聞莫辨，小市民資訊的來源多來自媒體，人云亦云，隨之起舞，放大了焦點，造成了社會亂象，更不知誰說了算。新聞固然有報導之自由，人民更有知的權利，只是各種媒體人應秉持新聞道德，方能在正義之筆下，真正成為有效的第四權—監督權吧！

從事文學寫作三十年來，我多從現實生活中尋找素材，從各行各業各階層來舉出都市或鄉野人物的真實，又具有勵志性的人物案例，期望對社會多少有振聾啟聵的作用，讓這些小人物或真實故事更可貼近我們的心聲，當然也可接受社會大眾的檢驗。隨著國人閱讀能力與素質的提升，民眾文化的層面相對厚實，虛妄的一些報導，將很快被求真求善求美的文化人所淘汰，而底層的讀書人更不會再隨波逐流。

兩年半前，我想為社會盡點棉薄之力，嘗試辦了龍影文訊雙月刊，經費多由自己與文友贊助，內容四版面一大張，以宣導倫理道德、法律常識、網文精華與藝文天地為主題，頗獲文友佳評，後因忙於寫作出書「承擔與放下」未能同時兼顧，乃暫停出版龍影文訊雙月刊，共出刊十二期，自去年（民國一〇八年）七月二十一日新書發表會後，有感於文友的支持與鼓勵，乃於今年二月改版為龍影文訊（季刊），訂於二、五、八、十一月春、夏、秋、冬初旬出刊，甫出刊一期，依然受到文友佳評，這是對我及工作人員的鼓勵與動力，期盼能至少再出刊十二期，作為文友發表新作的平台。正如慈濟上人的智慧法語：「對的事，做就對了！」憑著寫作興趣及傻勁，何妨再堅持光明的理念與普世的價值觀，繼續摸石頭過河，終會抵達理想的彼岸。

（筆於二〇二〇年三月二十六日 山城之夜）

我心我願

在這科技發展，經濟起飛的年代，我們庶民不少是豐衣足食者，全球七十多億人口中，卻依然有近十億的百姓吃不飽、穿不暖，窮困之原因，自然是天災（地水火風之不調）人禍（戰爭）與病疫（如新冠狀病毒）所致。更多的是許多人如佛家所謂的五毒：「貪、瞋、痴、慢、疑。」縱使知名的大法師如慈濟上人在呼籲我們要「正知、正念」要「學中做、做中覺」，消滅地獄五條根（財、色、名、食、睡。）除了正信的佛教徒能恭聆篤行，我們一般凡夫俗子，不是沒慧根，即是塵緣未了吧！

有人常說：「生死有命，富貴在天。」有人出生含金湯匙，坐金笅椅，一生有享受不完的榮華富貴，天天山珍海味，擁有三妻四妾，不在乎別人眼光，更不在乎福報享盡，一旦發生不可預知的天災地變或人禍，黑白無常不會因你的財富與名氣而鬆綁，可能一夕間變得窮途潦倒，也可能因窮病或意外而見閻王。我們要扶貧濟弱，慈善公益，如明 袁了凡的行善積德，方是避凶趨吉，延年益壽，庇蔭子孫的根本。

母親生性節儉，以前每回故鄉，我都會買些營養品或稍稍貴重的物品奉養老人家，母親一定是一付捨不得的模樣，說什麼太貴啦！不要浪費啦！之後我每次買東西回去，就會善意欺騙母親，說這些東西不用錢，抽到獎的，或朋友送的，騙不過就說是百貨公司大拍賣撿到大便宜，讓她心安。當母親往生前三個月，明顯老化體衰，我請費師姊一同回去以佛法來安撫母親的心，面對即來的死亡，母親多次向我表達會「怕怕！」我淚流衣襟，只告訴老人家要多念「阿彌陀佛」，每個人都能去西方淨土，菩薩會來接您，那邊無憂無慮。過世前幾日我與妻及學佛友人不斷安撫母親，終於在寧靜的夜晚安詳往生。

我與許多人一般，未能完全放下，依然想在紅塵中抓取一些名利，現在健康雖已亮起警示紅燈，但我的思維，我的理想，依然支撐著殘燈之生命火焰，不管未來如何變化，我要以真情寄餘生，好好愛護老伴、照顧老友、守住老屋、看好老本，更重要的是穩住老身啦！

（筆於二〇二〇年三月二十七日 山城之夜）

今人說古

日前與妻同往山城公館鄉拜會現任行政院客委會諮詢委員暨全國劉姓宗親總會的榮譽副總會長，年已八秩晉八，福體康泰的劉炳均大老伉儷，每次去拜會時，他總會以客家話講述一段唐詩或一則典故，我雖瞭解他說的詩詞與來由，仍靜靜地聆聽他淘淘不絕的敘述，他的確是一位飽學之士，這次他又以客語重述唐 杜甫詩「茅屋為秋風所破歌」，這首詩是杜甫於公元七六一年八月，寫大風將草堂上的茅草颳跑，由此想到天下寒士的痛苦，表現了詩人博大仁愛的胸懷，所述『八月秋高風怒號，卷我屋上三重茅，茅飛渡江灑江郊，高者掛罥長林梢，下者飄轉沉塘坳。……安得廣廈千萬間，大庇天下寒士俱歡顏，風雨不動安如山，嗚呼！何時眼前突兀見此屋？吾廬獨破受凍死亦足！』經查錦繡出版社「杜甫詩」以白話文翻譯概述如后：

八月裏秋高狂風呼嘯，
捲去我屋頂上三層茅草，
茅草隨風飛過江灑在江郊。
高的掛鉤在樹梢，
低的飄沉進塘坳。
南村的兒童欺負我年老無氣力，
忍心當面為盜賊。
公然把茅草抱進竹林去，
唇焦口乾還是呼叫不得，
回來柱著拐杖獨自嘆息。
一會兒風定雲又變成墨色，
秋天漠漠地轉向昏黑。
布被蓋了多年冰冷如鐵，
嬌兒沒有睡相蹬得被裏破裂。

床頭漏雨漏到沒有乾處，
兩腳像麻線還不斷絕。
自從喪亂以來我很少安眠，
冷溼了這茫茫長夜何時畢。
怎能得到廣廈千萬間，
為天下的寒士們遮風擋雨大家都有歡顏，
風雨不動安穩如山。
唉！什麼時候眼前高聳出現這高大的房屋？
我的草堂獨破受凍死了也滿足！

另外他老人家對孔子女婿公冶長識鳥音的典故也非常清楚，用客語說來，更是淋漓盡致，生動非凡，可不輸古時的說書人呢！

（寫於二〇二〇年三月廿八日 山城之夜）

我的桌運史

近日閒來，打開電視愛爾達體育台或手機紀錄報導歷年來桌球比賽精彩回顧，包括「奧運」、「世界盃」、「公開賽」等比賽高潮迭起，可謂精彩絕倫。從早期的瑞典 華德納、皮爾遜、中國的孔令輝、江嘉良、劉國良、王濤、王浩到現在年輕一輩的日本 張本智和、台灣的林昀儒崛起，高超球技，令人耳目一新。

世界桌球運動人口眾多，男女老少咸宜，國內桌球運動人口不止於兩百萬，是一項運動年齡最長，比賽時雖然賽者與觀賽者皆感覺緊張與刺激，畢竟在球場上享受比賽或觀賽的樂趣，也是比賽者或球迷所最期望的。

過去在拙作中我也不揣淺陋寫了一些桌球史，現在希望將自己較得意的比賽史臚列如下與讀友分享，當然比賽有輸有贏，失意的部分也不少，就不再掃興啦！

一、民國五十九年唸大一時擔任東吳大學中文系桌球隊隊長，僅止於在校內各系之比賽。

二、民國六十三年馬祖服兵役時與黃仁道政戰官搭配雙打贏得全馬祖地區軍民聯賽第二名，接受連江縣長頒獎鼓勵。

三、民國六十六年服務中國國民黨 苗栗縣 後龍鎮黨部，跨區參加妻所服務的西湖鄉由救國團主辦的西湖鄉桌球錦標賽獲個人單打冠軍。

四、民國六十九年於陽明山 革命實踐研究院講習一個月，參加學員桌球錦標賽連過五關，最後與台北市 桌委會總幹事進入總決賽，榮獲個人單打冠軍。

五、民國七十年參加中國國民黨 苗栗縣 區黨部同仁桌球比賽，榮獲單打冠軍（亞軍覃漢錦，季軍饒承平）。

六、民國七十五年籌組苗栗縣 丹心桌球俱樂部，發起人計有徐運德、覃漢錦、鍾炎達、林國雄、徐清明、官有位等六人。目前桌球俱樂部依然存續，固定十二人新舊輪替，會長為呂凱峰，總幹事徐仁政，我仍任榮譽顧問。

七、民國八十二年於台北市 開平高中服務，率學校教師桌球隊羅乾坤教官等至大安高工、協和工商及師大附中友誼賽，各有勝負。

八、民國八十三年回苗栗 建台高中服務，參加建台高中教職員代表隊，在劉源順主任領軍下，連獲十年「全國教育盃桌球錦標賽」高中教師團體組冠軍。

九、民國八十七年與摯友林英梯首度搭配參加第一屆苗協盃桌球比賽，在十多對五十歲組以上的男子雙打賽，競爭激烈，終獲季軍獎杯。

十、民國一百年六月邀徐禮雲校長同往新竹與賴煥琳校長、呂錦輝講師、林英梯處長、陳建成總幹事、連賸宏總幹事餐會，會中決定成立「友緣桌球俱樂部」計有竹東隊、竹北隊、苗栗隊三隊每隊十人，自行招募高手，每四個月異地輪辦一次，後北辰補習班鄭主任又組北辰隊共計四隊，看各隊高手過招，我們球技也隨之進步。

桌球生涯中我特別舉出參加「全國教育盃桌球錦標賽」個人單雙打較刺激與奮賽事，感謝同隊隊友的團結與精進球技，個人方能分享到勝利的果實，在球隊中我年紀略長於其他隊友。民國八十五年遇到曾獲亞軍的泰山高中隊，排點的劉國強老師把我排在第三點，也就是犧牲打，對手是年輕我十餘歲的高手，當時仍打二十一球，首局對手以二十一比十二狠狠修理我，但二、三局我很快以二十一比十三及二十一比十五逆轉獲勝。另一回即二十一球改為十一球，五打三勝制，前兩局我輕鬆贏球，對方球隊竟大聲說：「打女生不可太兇。」我心一軟，竟連輸兩局，第五局決勝局時，她信心一來攻擊猛銳，我有點招架不住，來回互有勝負，引發全球場球員暫停比賽，為我兩人加油，最終我幸以十九比十七贏得此場比賽，事後方知這年輕女隊員是現任台南市桌球代表隊的高手。

我已封拍三年多，主要是眼睛罹患「黃斑部病變」，去年九月接受了手術，今年又增生「白內障」，預定今年六、七月間回台中慈濟醫院割除，相信割除後即可重握球拍，打打健康球啦！

（筆於二〇二〇年三月二十七日 山城之夜）

會館掛牌側記

今年二月初，個人以「台灣官姓宗親顧問團聯誼會」會長名義，請總幹事有波及顧問佳岫策劃至馬來西亞參訪東 西馬 官姓宗親會館，一團近二十人，收穫甚豐。回台後即與有文副會長研究，在他中壢興建綠色工程大樓完成後，以第八樓為「總會館」。在大樓完成前，我以現任會長身份，暫將我木鐸書齋權作會館使用。

因疫情關係，不便高調邀請親友，我請福安宮主委劉炳均大老幫我擇定三月二十八日午時來掛牌，豈料前一晚半夜冷鋒過境，頓時風雨雷電，翌日早上七時，大雨仍未停歇，我乃至家中佛堂焚香禱告，祈請觀世音菩薩、伽藍菩薩及歷代祖先保佑，希望上午九點後能好天氣，果真在九點後雨歇，但十一點又傾盆大雨。所邀請之幾位摯友嘉賓陸續蒞臨，依約前來的有全國劉姓宗親總會榮譽副總會長劉炳均先生伉儷、大苗栗文化促進會理事長李源發先生、前國民黨苗栗縣黨部組長李錦秀先生、前苗栗縣環保局專員 方黃金先生、苗栗貓狸電台名主持人羅福貞先生及兩岸名企業家益伸集團董事長、全國官姓宗親顧問團聯誼會副會長官有文先生伉儷。

十一點半良辰已到，大雨驟停，大夥兒齊聚至屋前，由個人、劉大老及有文副會長一起掛牌，俟合照後，由福貞點燃一長串環保鞭炮，算是禮成。中午在「會館」以便當、茶點、水果簡單招待嘉賓，另於「會館」鐵門兩旁新掛著我夫妻擬思，而由摯友書法家徐清明老師所書寫的楷書，上聯為「宗親官姓閤家慶」，下聯「源遠流長福滿堂」裝框對聯，嘉賓不斷鼓掌恭賀與讚許，感恩！

下午，我隨即將照片轉傳有關宗親群組與親友，歡迎宗親或顧問路過苗栗山城能前來「會館」茶敘小聚，希望能逐步凝聚有情有義有默契的宗親，在台灣不到三萬人的官姓宗親裏，有一個聯絡的小小會館，這只是一個使命的開始，不是嗎？

（筆於二〇二〇年三月廿九日午於木鐸書齋之官姓會館）

淺談閱讀

妻數日前拿了一本慈濟傳播人文志業基金會所出版的「檀施文庫」，其中一本有關閱讀的書『這樣讀就對了』經典雜誌社負責人王志宏先生在出版序中特別提及，台灣有兩千三百萬人口，一年出版約四萬種新書，換算平均五百七十九人就擁有一本新書，出書的豐富度僅次於最強的英國（三百二十五人）。但如果依文化部統計，台灣民眾二〇一八年一整年平均僅閱讀五點二本紙本書，遠低於美國的十二本，韓國的九點一本及日本的八點三本。傳統的閱讀實體紙本書，至現代多樣性的資訊媒體，可謂五花八門，它其實是每位作者人生經驗的智慧擷取，更是日常生活精彩生命的來源，正如德國人所說：「一個家庭沒有書籍，等於一間房子沒有窗戶。」確是如此。

書中以簡守信院長的「用文學說醫療故事」深得我心，闡述閱讀，引用不少古詩詞，尤其如蘇東坡的「赤壁賦」：『清風徐來，水波不興，舉酒屬客，誦〈明月〉之詩，歌〈窈窕〉之章。』及「水調歌頭」：『談笑間，檣櫓灰飛煙滅』與蘇東坡的禪偈〈觀潮〉：「廬山煙雨浙江潮，未到千般恨不消；及至到來無一事，廬山煙雨浙江潮。」簡院長在「大愛醫生館」時常引用中西藝術文學融入醫學的領域中，他說：「醫學是科學，醫療是文學。」的確，在科學知識的框架下，有了人文感觸與溫度，醫療才能打動人心，他如此的創新以務實思維，無怪乎能獲得「金鐘獎」，真是實至名歸。

於公元二〇一四年（民國一〇三年）十月十八日，我參加了台灣中國文藝協會的湖南「兩岸三地作家湖湘文化行」由王吉隆理事長帶領，同行的尚有名作家蕭蕭、林少雯等七人，活動由中國華藝出版社與湖南省作家協會合辦，受邀單位尚有中國華藝廣播公司及知名的香港中國評論通訊社等單位代表。十天行程滿檔，其中有座談專題－「為時代而歌」，在座談與專訪過程中，我不忘特別推薦我國文化部委託新竹IC之音電台，完成「閱讀文學地景」

有聲書工程，並於民國一〇三年初開始以「午夜的文學館」開播及苗栗縣每年舉辦兩次大型書展，並於那年春邀集五百多家出版社展出一萬二千種優良書籍，共十四萬五千冊各類圖書，為歷年規模最大的一次書展。吸引各縣市大批愛書人悠遊書海中。苗栗縣並率先舉辦全國「文狀元」選拔賽，從中發掘許多文采絕佳的寫作高手。

慈濟大學劉怡均校長說得好：「我覺得閱讀是一種經驗交流，知識累積，可以讓不相識，不同時空的人產生共鳴。」我從事散文新詩寫作三十載，出版近二十本小書，寫作素材多從生活中擷取，無怪乎幾位文學大師幫我出書寫序，譽稱我為「生活作家」，真愧不敢當，家裏的確堆砌不少紙本實體書，閱讀確是廣泛而多面的，如今年過七旬，記憶減退，思緒也較複雜，除了報紙、網路文學，我只好選擇幾本佛書或古書精讀。

（筆於二〇二〇年四月二日於官氏會館）

清明隨筆

今年三月三十日正淒風苦雨，亦值新冠肺炎疫情紛紛之際，我們敬愛的郝伯伯走了。猶記得民國一〇三年四月十八日，我與中國文藝協會理事長綠蒂及詩人蕭蕭、林少雯、陳祖彥、楊寶華等七人，前往中國湖南參加「兩岸三地作家湖湘文化行」十天參訪。四月十九日，我們在長沙下榻的華天大酒店用早餐時，巧遇郝伯伯在鄰桌，我與綠蒂主動前往向他老人家打招呼，並遞交名片，郝伯伯除了與我們親切合影，他老人家看了我名片，尚且特別讚賞我的名字「官有位」呢！算是我最大一次的榮幸與奇遇吧！他告訴我們他已九十六歲，當天準備回國呢！正如前高雄市韓國瑜市長在網文所說：「前行政院長郝柏村將軍，論武曾以生命悍護中華民國，論文曾以德政造福台灣社稷，在這個是非功過都難以明辨的今天，誠摯緬懷郝前院長的儒將風采，以及那碧血丹心，親愛精誠的壯闊百年，無論戰場上的槍林彈雨，還是政壇上的腥風血雨，從此山高水清，將軍一路好走。」郝伯伯出將入相，為國為民，傳奇一生，的確令人敬佩與懷念。

同日（三十日）上午五時二十分，我苗栗縣丹心桌球俱樂部前會長，資深球員徐明聰先生，以六十八歲之齡駕返道山，離我們而去，讓我們全體苗栗縣桌球界友人無限不捨與哀痛，我與丹心桌球隊發起人之一的徐清明老師，一同於清明節前一日，銜哀前往後龍鎮福祿壽生命藝術園區靈堂弔唁，為這位個性溫良，球藝高強的明聰球友，祝福他一路好走。

因為新冠肺炎疫情蔓延肆虐，各國封城封疆儼如第三次世界大戰（生化戰），我國雖被譽為防疫的「模範生」，但確診人數仍依然節節升高中，所以今年清明節政府鼓勵大家不要回鄉掃墓，避免聚會及社區感染風險，大家響應政府號召，本來唐杜牧的「清明」詩：『清明時節雨紛紛，路上行人欲斷魂，借問酒家何處有？牧童遙指杏花村。』網路上改寫成一首打油詩：『清明時節雨紛紛，闗門修養欲斷魂。借問口罩何處有？政府搖指回家蹲。』其實形容恰到好處啊！

我與妻依然準備了祭品，開車返回新竹故鄉「官氏墓園」掃墓，往年回鄉掃墓的有三、四百人之眾，今年卻零落剩百人，其他地區一樣冷清。相信墓塔裏祖先們也在防疫大戰，為了安全會認同子孫們今年不用回來掃墓吧！

（筆於二〇二〇年四月五日於山城木鐸書齋）

雨天抒懷

這段日子情緒有些低沈，似清明節前後的天氣陰雨綿綿，連續接到兩通惡耗，一位是丹心桌球隊，有三十年以上交情的徐明聰球友於三月三十日上午往生。一位是大學同宿「學生公社」的室友，十年前中風，我不止三十次去探視的練紹慶老師，四月六日上午往生，我心情自然是陰霾的天氣，好沈！好沈啊！

人走了，總留給親友一聲聲的嘆息，也留給我們一次次的警惕，一切的如果也無法挽回寶貴的生命，只是一切的一切也無濟於事。我們不是神仙也不是菩薩，也許是宿命，除了注意，我們仍無法決定自己的生命長短，大多網文在啟示我們要如何保健養生，但命運之神可不如此想，要你三更走，絕不留你到五更，不管你的財富有多少，不管你的社會地位有多高，也不論男女老少，高矮胖瘦，時候到了，就得去閻羅王處報到，只有因果與業報就等著去六道輪迴或往生西方淨土了。

我們每個人都有經歷不同的社會境遇，也有寫不完的人生故事，唐杜甫在其旅途中對自己漂泊一生，懷才不遇，極為感慨，而寫出著名的「旅夜抒懷」詩：『細草微風岸，危檣獨夜舟。星垂平野闊，月湧大江流。名豈文章著？官應老病休，飄飄何所似，天地一沙鷗。』回想自己一生也搬了幾處家，換過幾個工作，身體也漸孱弱不堪。退休後我是醫院的常客，靠著自身硬頸的堅持精神及寫作抒懷自療，苦撐著生命，我當每一天是彩色的人生，雖然「放下」對我是如此困難，依然感覺餘生尚有使命要「承擔」下去，上蒼慈悲，暫且不考慮召喚我回去吧！

不久前我看到了淨空老和尚的法語，立即抄錄在客廳黑板上自勉：「持戒為法，淨土為歸，觀心為要，善友為依。」在這疫情漫漫，人心惶惶之際，學點佛法，看些佛書，可安定內心。的確身體病了要交給醫生，心理病了要交給菩薩，信心要靠自己，宿命則交給上蒼來決定啦！

（筆於二〇二〇年四月六日 山城之午）

第四輯　生命的啟示錄

真假的哭泣

在印象中，我六歲之前非常愛哭，而且是不明就裡的哭，肚子餓了哭，看不到媽媽哭，被哥哥欺負了哭，要不到糖吃哭，總之哭得莫名其妙，我想這都是單純的想引人注意吧！

唸中小學階段，看黑白片的電影或戲劇，如梁、祝及一些悲劇歌仔戲，採茶戲，也會受到劇情影響而哭泣。長大負笈台北讀書偶爾也會思鄉思親在夜裡蒙被飲泣，即如唐白居易的名詩《望月有感》，自河南經亂，國內阻飢，兄弟離散，因望月有感，寫出：「田園寥落干戈後，骨肉流離道路中。弔影分為千里雁，離根散作九秋蓬。共看明月應垂淚，一夜鄉心五處同。」令人感同身受。

民國六十四年在馬祖服兵役期間適逢　蔣公崩殂，風雲變色。全體官兵哭聲震天。回台退伍後，進入國民黨苗栗縣黨部工作。民國七十六年任通霄鎮黨部主任，又遇敬愛的　經國先生辭世，全體國人銜哀奮勵，如喪考妣般痛哭流淚。之前於民國五十六年，我妹瑞暇以十五歲之齡，病逝於竹東私人醫院，及民國七十八年父親之逝世，民國一〇〇年母親之往生，我皆不自禁地痛哭。

俗話說：「男兒有淚不輕彈，只因未到傷心處。」有人說女人淚腺較發達，比男人愛哭愛流淚，其實不然，男人多因面子隱忍，表示堅強。或許遇到難過事能盡量哭泣出來，宣洩淚水有益於健康，不然極度的隱忍，可會悶出病呢！另外我興奮到極致時也會流淚，譬如球賽獲勝或得到高榮耀獎項時，激動處眼淚仍會奪眶而出。

不知是受到整體社會風氣的影響，抑是人情變得冷漠淡泊，如今許多的喪事只變成了一種儀式，看過一些哀家治喪期間，非但無哀戚氣氛，甚且與前來弔喪賓客談笑風生，令人感慨。孔子曾說：「鄰有喪，不巷歌。」總要尊重死者，畢竟死者為大，自然也有例外，如與死者生前感情深篤，自然會不捨而掬淚，但即使是至親，如生前感情疏離，死後也難獲得一聲惋惜。個人非常敬仰慈濟證嚴上人，每當獲知世界各處有天災人禍，難民顛沛流離或死傷嚴重時，所發表談話，總是哽咽不已，她不捨眾生與大愛精神如同菩薩在世，絕不是一些政客或一般民眾表現的冷漠，令人寒心！

（筆於二〇二〇年四月十日 山城之夜）

因緣敘當年

今年四月十二日近午，前慈濟大學人文社會學院院長林安梧博士遠從台北前來苗栗寒舍一敘，久別重逢，有說不出的興奮與感動，這是他從民國七十年間帶著國防部三民主義教官五人至寒舍拜訪後，迄今二度前來山城寒舍，已隔四十載，我們自然有說不完的話語。

當日上午九點參加好友練紹慶老師告別式後，立即趕回家準備迎接這位在學術界非常出眾的友人，早上參加告別式時陰雨綿綿，凄風慘慘，近午卻陽光普照，和風徐徐，完全是兩種情境，一悲一喜，陰陽兩分，讓人有許多不同的感嘆呢！

安梧兄於十一點開車準時抵達苗栗，我也在社區門口恭候，他一襲藍袍唐裝，顯示出與眾不同的氣質，翩翩的風度與高雅的談吐，讓我想起日前人間衛視台鄭明俐教授在講述文天祥的「正氣歌」與「過零丁洋」時，說明要多讀書，有文化涵養，方能激發出所謂的「浩然正氣」。引導進入我書齋客廳後，安梧兄貼心地致送我一瓶高貴沈香噴手洗潔液，剛好用上噴液防疫，另外贈我幾本他的學術著作及兩副墨寶，分別是「道大，天大，地大，王亦大。人法地，地法天，天法道，道法自然」之老子語，並以我姓名串成名聯「官府古今稱大有，位育天地好乾坤」，我也回贈他四本拙作與兩盒苗栗特產「肚臍餅」，拍過合照，在茶敘間開始促膝長談憶當年。

在這四十年當中，他變化特多，從台中一中畢業，考上台灣師大國文系，畢業後服預官役，擔任國防部三民主義教官聯絡官，在桃竹苗地區巡迴演講。民國七十年我正服務於中國國民黨苗栗縣黨部文宣組，負責安排與聯絡工作，在苗栗縣宣講十日期間，我與他們這些菁英教官結了不解善緣，那年我三十歲，他們二十三歲上下，虛長他們六、七歲，他們都暱稱我官大哥。安梧兄軍中退伍後，以優異成績考上台大哲學研究所碩士與博士班，他也是台大首位哲學博士，先後履任清大通識教育中心主任、中央大學、中興大學、台灣師大教授，退休後轉任私立玄奘大學、南華大學與慈濟大學，於慈濟大學任哲學與宗教研究所所長、人文社會學院院長，並創立元亨書院，擔任中國山東大學易學與中國古代哲學研究中心特聘教授，是牟宗三哲學大師的高徒。安梧兄出版著作二十餘部，專業學術論文二百餘篇，確是現代新儒學第三代中極具創造力的思想家，他尤為關注儒學的現代適應性問題，近年來更深研哲學治療學之可能，曾以國語及閩南語開講《四書》《金剛經》《易經》《道德經》等，推動民間書院講學之風，可謂不遺餘力。

在言談中，他告訴我，我們的共同朋友莊耀郎教授，不幸於一年前因胃癌過世，莊教授是苗栗縣南庄鄉田美村人，是小女怡嫺公元二〇〇〇年唸台師大國文系四年級時的導師，莊教授與班上學生畢業合照，我早將之放大護貝，早年聽說他似伍子胥一般一夜白髮，與安梧兄是同事，是摯友，也是不可多得的才子。聽此噩耗，心中一陣難過。記得小女怡嫺台師大畢業後，順利考上台師大國文研究所與台大中文研究所，我們全家五人驅車至莊教授山城故鄉拜訪，感謝教導之恩，受到他夫妻非常的禮遇呢！

中午，妻準備一桌清淡的午餐，因我夫妻與他皆與台師大有很深淵源，皆在台師大就讀國文系所，也先後受教王冬珍及幾位名教授，可謂是學長學弟關係，我們邊吃邊談，是如此的親切、溫馨與自然，真所謂「有朋自遠方來，不亦樂乎！」午飯前後參觀了我書齋與小小藝文室、動物園及古物室，因他要趕回台中老家探視母親，於是我夫妻送別了這位遠來的貴客，揮手自茲去，期待下次喜相逢。

（筆於二〇二〇年四月十二日 山城之夜）

往事難追憶

回顧自己民國七十九年出版首部拙作離島零縑，迄今已三十載，共出版十九部作品，包括十六部散文集，三部新詩集及十二期龍影文訊雙月刊，與改版季刊兩期，也分別在竹苗台北共辦了十場次的新書發表會，對我而言，是一種榮耀，也是追求另一層次目標的動力。最近參加了幾位好友的告別式，感慨於他們的灰飛煙滅，不捨於他們在尚未遲暮之年就畫上生命的休止符，雖然短期內無法忘懷，也無法接受，畢竟殘酷的現實，讓自己警惕反省一番。近日在報刊上，有人發表「人生最後一件大事，超前面對不遺憾」，在「從容老後」，說明人生老化若四季輪替無可迴避，但我們總是等到父母生病，至親離世的那一刻，才發現，我們還沒準備好告別，措手不及的結果，常空留遺憾。

胡適曾謂「生前為死後做準備是一種慈悲。」每個家庭有不同的文化與習俗，有人可開朗面對，也有人較傳統忌諱，要做足功課的確不易。譬如家人要充分溝通，對末期醫療決定、遺囑、遺產、安葬方式、喪葬儀式等等，需事先了解一些，屆時才不會錯失良機而措手不及呢！不久前我一位練姓好友在中風十年後驟然而逝，照顧他的妹妹惶恐措手不及，房子過戶手續與銀行帳戶不清，後事也只有聽令葬儀社處理，簡單匆匆，無法考慮到亡者尊嚴與儀禮，讓家人感到遺憾與不足。

我與妻有稍作研究討論，每一或兩年寫「預立遺囑」一次，讓子女也能了解我們的想法與做法，畢竟那一天遲早會到來，俗話說：「棺材是裝死人，不是裝老人。」，生老病死是必然的自然定律，不需要想得那般複雜，當埋入土裡或送進火裏，一切如灰飛煙滅，在世時的功名利祿只成後人的茶餘飯後事，一段日子後，也沒人再提及了，所以在世時，如何「看開與放下」，是我們六十歲以上的中老年人必修的教育學程呢！

記得家父過世到出殯時僅十天，家母往生時，經三週方出殯。我方覺得平時與父母相處時間太短，思念變長，無怪乎，詩經所謂「樹欲靜而風不止，子欲養而親不待。」天下子女啊！慈濟證嚴上人的靜思語「世上有兩件事不能等，一是孝順、一是行善。」當哪天到臨時，再多的哭嚎與懺悔也枉然了。

（於二〇二〇年四月十八日 山城之夜）

疫情有感

近期把「龍影書齋」與「龍影文藝寫作坊」併入「台灣官姓宗親顧問團會館」，我把會館內外環境稍作改善與充實，會館通道邊牆擺設了奇花異草，美化了外觀，讓訪客有耳目一新的感覺，館內除了客廳及寫作室外，少不了設置閱覽室及文物室。正廳則供奉我官姓祖先聖像及擺設官姓宗親顧問團聯誼會裡兩年來的活動放大剪影，讓來訪宗親顧問有一些參與感與成就感。

或許因為疫情關係，他怕你去他家，你怕他來你家，許多聚會活動停擺，人際關係多少顯得疏離，尤其聽到那個地區有確診，確診者可能變罪犯，大家避之惟恐不及。疫情遠甚於親情與友情，畢竟生命是無價的，誰也不希望被感染到，這是人性也是無可厚非，親友也會理解苦衷，一切還是遵照政府的政策指令行事吧！

疫情肆虐全球之際，幾乎已至風聲鶴唳程度，我們台灣被譽為「防疫模範生」，雖然多少有破口，政府的亡羊補牢，應不為遲。感恩每位醫護人員，所謂的大醫王與白衣大士，冒險奉獻，讓風險降至最低，中央疫情防治中心指揮官陳時中的專業與調度，受到國際與國內的肯定。中央與地方政府應要緊密配合，防止疫情從境外移入的破口。此次疫情數倍嚴重於十七年前的SARS，影響所及觀光旅遊、飯店餐飲首當其衝，教育藝文團體等等所受損失難以計數，但這場細菌戰已到全球命運共同體階段，沒人可置身度外了。

智慧手機在這段期間發揮了相當作用，既然不方便出門，手機提供了我們許多訊息，只是真假訊息難辨，如無判斷能力，一般人極易被誤導，轉傳的結果，人云亦云，反而容易造成社會的紛亂，期許在此非常時期，少數唯恐天下不亂者，能有道德良知，則為國家之幸，人民之福。

今日天氣微寒，兒子媳婦帶小孫從台北開車回抵山城苗栗，所聊盡是疫情影響情形，不是百業蕭條，就是坐食老本，祈禱上蒼慈悲，疫情能早日度過，各行業能回復到往常正常運作的機制才好！

（筆於二〇二〇年四月二十日 山城之夜）

生命的啟示

這兩年走了不少知名公眾人物與至親好友，他們有些是大人物名垂青史，有些是小人物音容宛在，但在一場場告別式後，均平等的送入火葬場灰飛煙滅，只留下後人一聲聲的嘆息。網文裡幾乎每日出現要教人如何放下，要如何養生，要如何保住老身、老伴、老本、老屋與老友，要如何應對新一代啃老族與其不同的價值觀，老人的怨懟常常迫於現實與本性，卻也無法改變什麼。

走過七十個歲月，我想起自己筆名「龍影」因何而來，回顧自己於民國八十一年春出版第二本散文集心之航時，開始使用此筆名，一方面是有感於父親生前對我「望子成龍」之高期許而自名。另外個人也喜好北宋蘇東坡詩詞，摘其減字木蘭花前兩句：「雙龍對起，白甲蒼髯煙雨裡。」「疏影微香，下有幽人晝夢長。」首句之「龍」與第二句「影」合為「龍影」，以其有蒼松之遒勁與凌霄花的微香，我喜歡此剛柔並濟的特質，故以「龍影」為筆名沿用迄今近三十載。

老前輩張俊生主任，在他八十歲時，其子張敏為他出本專刊《父親的上半場》，在「八秩憶念」中他以（一）家庭美滿—耄來富。（二）勤於進修—耆來學。（三）樂於桌球—耋來健。（四）敬祖榮鄉—耇來馨，歸納其一生理念，並以老身、老伴、老本、老友與老歌作為五老之歌，更以「健康、快樂、和諧、充實」為養生之道。他以唐 白居易詩：「不須憂老病，心是自醫王。」強調唯有身心健康，人生方稱得上是「幸福美滿」。他今已九十四歲，算是「鮐背之年」，邁向百歲「期頤之年」，依然健康樂觀，令人欽佩，而我正邁入「耋老」七十之年，期許張主任會是我榜樣哦！

古時結婚週年有其不同稱呼，譬如剛結婚稱「紙婚」，五週年稱「木婚」，十週年稱「錫婚」，十五週年稱「水晶婚」，二十週年稱「瓷婚」，二十五週年稱「銀婚」，三十週年稱「珍珠婚」，三十五週年稱「珊瑚婚」或「碧玉婚」，四十週年稱「紅寶石婚」，四十五週年稱「藍寶石婚」，五十週年稱「金婚」，五十五週年稱「翡翠婚」，結婚六十週年稱「鑽石婚」，我現已度過了「紅寶石婚」正朝「藍寶石婚」邁進呢！

有人說：「心胸有多寬，路就有多長。」或許可說：「身心有多健康，生命就有多充實。」我們互勉之。

（筆於二〇二〇年四月二十八日 山城之夜）

山城小記

每到台北榮總回診，就會到永和兒子家住上一晚或兩晚，兒子開了一家義大利西餐廳，兩夫妻同心打拼，媳婦辭去了歐美旅行社工作，在餐廳成了兒子得力助手。另外請了三、四位幫手，兩年多來雖說不是生意興隆，但也還算過得去。創業本來就是艱辛，資本多是借貸，既然想當老闆，風險自然要承擔下去。

三個孫子女分別已十歲、八歲及六歲，兩孫女分別唸網溪國小三年級與一年級，孫子尚就讀幼兒園大班。從小即由親家母帶，娘家即在住家附近，學校在附近，餐廳也在附近，照顧與接送均稱方便，只是辛苦了親家母，在婆家要照護九十有三高齡之婆婆，又要照顧三位小孫子女。我夫妻住苗栗山城，只偶而到台北或兒媳偶而帶三位小孫回來苗栗，讓我倆含飴弄孫一番，說實在，應是被孫弄啦。趁她們年幼記憶性強，我夫妻教習她們背唐詩、弟子規，以零錢獎勵方式啟發，倒是背了不少詩句，希望她們稍長後，對國語文程度有所提升。兩個女兒嫁出去後，即如潑出去的水，罕少回娘家，不是與我夫妻緣淺，就是我家教不濟，那就隨緣放下吧！她們平安健康，家庭幸福美滿即可！

甫邁入七十齡，我對人生感受更敏銳，但寫作的動力好像緩慢了許多，幸有賢妻一同新書發表會。順利完成二十部著作，則此生余願足矣！

（筆於二〇二〇年五月四日文藝節 苗栗山城之夜）

道法自然

老子說：「道大、天大、地大、王亦大，人法地、地法天、天法道、道法自然。」前東吳大學恩師黃登山教授所著的老子釋義之解釋謂：「它超然萬物之上，本是無法形容的，所以只好勉強用『大』來形容它，它不但偉大而且能流行到極遠的地方，不但流行到極遠的地方，而且能回到根源，反復不息，域中有四種偉大事物：道大，天大，地大，人亦大，而人居其中之一，人應當效法『地無私載』，『天無私覆』，道「生而不有，自然無為」的精神。」

我摯友前慈濟大學人文學院院長林安梧教授在其新譯老子道德經第十八章「不積」補充了『心靈藥方』，他說：「話要聽真的，不要聽漂亮的；人要交善良的，不要找會說話的；懂了就懂了，不必找那麼多啦啦隊！利他就能利己，這原則是一共利的生長性原則，退到後頭去讓該上場的上來，舞一番新姿，便會有新的氣象！說了就算了，沒說也不必再說，反正說了還是白說，一切默然可也！」不愧是大師的思維與論述。

我們在平常生活中，常會聽到「順其自然」、「隨緣隨喜」、「隨機教育」或自然工法、大自然定律、大自然反撲，作家文章標題有「謝天」、「感恩天地」之名。天地孕育自然萬物，為父為母，現代社會雖以科技提升了人類生活品質，卻也傷害了人類品德與健康，我們這中老年一代，是真真實實在純樸的社會農村，胼手胝足與篳路藍縷，但也吸納了最多最純的自然靈氣。雖然時代不同，新舊的思維也不同，但最後大部分的人還是選擇告老還鄉，似陶淵明的歸園田居，棄官場汙濁文化，活出真正的自己，到人生盡頭，大家總會灰飛煙滅或化為塵土，一切成空，一切也成絕響。

近一年來，我經常開車載妻到鄉野接近自然，我們避開人群，不喜湊熱鬧，在野外欣賞成片的櫻花、油桐花或成林的相思樹、樟樹或菓樹，但我們仍然會蹲下撫慰在角落獨自招搖的小花小草，因為它們不是溫室裡的花草，它自然地成長，比人工栽培更勇敢更堅強，足以忍受風吹雨打、日曬雨淋，給我們人類更多的啟示。我回首向妻說，活了這般年紀，要感恩天地，感謝社會每個人，我們雖不富有，但仍夠用到能幫助別人，雖不健康，但仍能東奔西跑，親訪我們心中的老友與貴人，我們已逐漸放下名利，不攀不比，希望多愛自己，築好自己家園，似淨空老和尚所說的「生活愈簡單愈健康」，不是嗎？

（筆於二〇二〇年五月八日 山城之夜）

自我反思

昨日夜半三更醒起，我輕輕打開電視欣賞愛爾達體育台，二〇一九年「捷克桌球公開賽」男單冠軍戰重播，我台灣小將林昀儒一路過關斬將勇奪冠軍，證實自古英雄出少年，除了桌球，台灣的戴資穎也有著「世界羽球之后」之美稱。台灣雖是蕞爾小島，但在各種領域，均嶄露頭角，在國際舞台除了政治，均能展露耀眼的光芒，確是我們台灣的光榮，也是長江後浪推前浪的最好例證。

這半年多來，因為新冠肺炎的肆虐，讓人在家裡有著更多的反思，那即是讓我們理解到自己人生的中心價值與國際命運共同體的關係，也要珍惜自己與身邊所有的親友，甚至於擦身而過的陌生人。

一年來，國內知名的文藝界大老如余光中、楊牧，軍政界的能人郝柏村，演藝界的劉真與我居處的山城前苗栗張秋華縣長，黨務同仁康國，桌球好友明聰，教育同仁旭鵬、欣一、美英、嘉勇、紹慶及我故鄉新竹的宗親有權，清吉等均不幸一一離世，令我無限的思懷與不捨，除了嘆息，但是又奈何，只能抱持著「往者已矣，來者可追」的心思，把握生命的每一天，勤做有意義的事罷。

前數日與妻到台北與商鼎數位出版有限公司的廖董事長與其王總經理會面，研議明年春即將山版我第二十本拙作心靈覺醒之隨緣隨筆，並附以錄音檔的事宜，初步改變原意，仍決定於新竹再辦一場（第十一場）新書發表會，再度邀請各界親友與文友共襄盛舉，並作為我明年七十一歲之慶也。這是我個人的目標與期許，更要感恩三十年的寫作堅持，及摯友與文友給我精神的支持與鼓勵，讓我多年的病體有著自我療癒的機會。

（筆于二〇二〇年五月十二日 山城之夜）

種菜養生

十數年前，我於山城公館鄉野購置百多坪農地「靜園」後，與妻幾乎每週三兩天往園裡躬耕，種植菓樹及各類蔬菜，堅持不施農藥及化學肥料，所謂的天然有機蔬果，雖然外表不美，甚且為蟲蠅所啃食，但我們吃得很健康也很安心。十二年後因體能因素，讓給游姓買主後，復於住家附近山坳掘地種了些瓜豆，玉米與蔬菜，因陽光及水源不足，生長不如「靜園」，兩年後又廢耕，送鄰居何太太合併其大塊菜園一起照顧。

何太太從小於農村成長，每日不離菜園，所種之菜總比別人翠綠而肥美，是位道地的種菜專家，無怪乎孔子曾謂「吾不如老圃」呢！我家與何家是比鄰而居，她獅潭與苗栗兩地種，所種蔬菜只送不賣，我家每天自然有吃不完的蔬菜。當我仍有菜圃時，她總會主動指導我夫妻如何培土，撒種、施肥，澆水、除草⋯等等，當有所收獲時，我們竟有滿懷的成就感呢！除了何太太常送我們青菜外，我一些友人自家也有種菜，如有季節時令的絲瓜、南瓜、冬瓜及豆類蔬菜時，偶而也會送來分享。我偶會到傳統市場買菜，所見之菜，多青翠亮麗，內行人告訴我，購買時儘量別挑漂亮的，因為漂亮青菜，多有噴灑農藥，吃了不安也不健康。每當我買菜歸來，妻總會嗔怪我不懂買季節菜，往往非當季的菜，好看不好吃，多年來，我始終看不懂也學不會，也不如小孩呢！

不再種菜後，改在屋前通道牆邊種花或購買一盆盆花，有吊飾的，也有盆栽的，可謂五光十色，偶有粉蝶飛舞，繽紛滿目，美化庭園，既可自娛，亦可怡人。每日修剪與澆水，皆是妻的工作，看她如此忙碌，喜悅地蒔花藝草，可減少對子孫的牽念，我想這也是她因憂鬱而能自我療癒的一種方式吧！

（筆于二〇二〇年五月十三日 山城之夜）

驚嚇的一天

國內罹患大腸癌死亡比率，一直是十大死亡之首，多與飲食習慣有關，據瞭解，喜食炸類食物同時又喜喝冰冷飲料者，罹腸癌的機率甚高。政府各衛生機關及公私立大小醫院均有鼓勵民眾作大腸癌，直腸癌糞便篩檢，早作預防與治療。不久前我依約至台北榮總回診，醫院也特別要我作糞便篩檢，一個多禮拜後檢查報告出爐，醫院以「重要通知」寄到家裡來，妻收到遲遲不敢拆開，我倒是以平常心面對，內心卻也似當年收到大學聯考放榜通知單或求職考試錄取通知單時的忐忑不安，當拆開後，看到在正常格上打了「v」，我夫妻心中頓時似放下一塊大石頭。

在印象中，我認識的幾位友人也因罹患大腸癌而過世，最近在妻嚴格督導下，我開始慢慢改變飲食習慣，過去醫院醫生總會告訴我：「能吃儘量吃，不需忌口。」而我也一向鐵齒「無竹令人俗，無肉令人瘦」，我口味較重，非魚與肉不食，身高不增，體重反而遞減，胃口不佳時，醫生說是器官老化，自然與年齡漸長有所關連。妻茹素十多年，每餐青菜淡飯，我依然葷食，兩人在家吃飯，餐桌上還真是楚河漢界，堅持對立。當年三位子女婚嫁時，她堅持宴客全請素桌，我全依了她，只不知學佛的她，是否真的讓子女因此有功德增福報呢！

台北榮總大腸直腸癌篩檢，在檢查結果通知單裡，特別註明「糞便潛血檢查結果的準確率非百分之百，如發現任何異常情形，請務必隨時至醫院門診檢查。」是的，防範勝於治療，每個人的體質不同，免疫系統與消化系統也有差異，除了從飲食清淡開始著手，有異狀仍得到醫院請醫生詳為診斷治療，才是最佳保障。

（筆于二〇二〇年五月二十日 山城之夜）

個性與脾氣

在印象中，從求學至在職時期，我脾氣除了好強執著外，個性也容易緊張急躁，除了多愁善感，對人事物也極敏銳敏感，這也促成寫作的因素之一。當然，我生命的每一時期，背景不同，有時可以聯結，有時卻因成長後的思維不同，價值觀也會有所差異，自己常感覺是雙重人格，一直在矛盾與不成熟中學習成長。

有人說我交遊廣闊也喜廣結善緣，事實上在求學階段，我個性好靜，甚至於有些孤僻，但骨子裡仍潛存著悲憫之心，好為親友打抱不平，這也是我在早期從事黨務工作時，能將服務的本質發揮得淋漓盡致的原因，因此在寫書時，有許多服務的案例及主持的公義，常會納入寫作的素材，文友們也會試圖在我書中按圖索驥，了解我人格特質與作品風格。我也辦了十次新書發表會，及到機關學校與員工教師和學生多場座談演講與自述滄桑故事，展現真實的自己，不再活在別人的影子底下。

妻常說我個性嫉惡如仇，生氣時罵人不用打草稿，我情緒管理較差，以前容易被激怒，自教職退休近十載，受到學佛多年的妻影響，個性稍有轉變，脾氣也較收斂，不再輕易動怒，見學佛的摯友待人處事的修維與涵養均屬上乘，經過多次的相處懇談，也讓我受益匪淺，過去的自己，總抱持「無欲則剛」的心態，如今要學慈濟上人的「靜思語」的『理直要氣和』及『得理要饒人』。每個人均有自己的脾氣，也有自定的原則，親友人際間的關係，如無充分的理解與謀合，自然無法長久相處，最後也會如星雲大師所開示的「有緣多聚聚，無緣隨風去」囉！

在當前的親朋好友中，不乏有藍綠或派系色彩濃厚者，要如何誠懇經營情誼及適當保持中立態度，「說話的藝術」應是當前重要的課題吧！

（筆于二〇二〇年五月十八日 山城之夜）

智慧與文化

我們中國祖先發明的東西與傳統文化皆充滿智慧，不是一般西方科學家所能理解的。

譬如吃飯夾菜的筷子，需長七寸六，代表人的七情六欲，七情指喜怒哀樂悲恐憂（喜怒哀懼愛惡欲），六欲指眼耳鼻舌身意之生理需求。筷子要成雙成對，代表陰陽相對平衡，一頭圓一頭方，代表天圓地方，手指在中間，代表天地人三合一，持筷子時力氣太大時打不開，太小時夾不住，代表做人要懂分寸，知禮節，要懂得天高地厚及要有包容心與進取心。

再如我們十二生肖之意義，更充滿智慧，生肖又稱屬相或十二年獸，是以十二種動物代表年份，稱十二生肖，各文化有不同的動物代表，其中漢文化為鼠、牛、虎、兔，龍、蛇、馬、羊、猴、雞、狗、豬。第一組是鼠和牛，老鼠代表智慧，牛代表勤奮，智慧與勤奮一定要緊緊結合在一起。第二組是老虎和兔子，老虎代表勇猛，兔子代表謹慎，勇猛和謹慎一定要結合在一起，才能膽大心細。第三組是龍和蛇，龍代表剛猛，蛇代表柔韌兩者結合在一起，就能剛柔相濟。第四組是馬和羊，馬代表一往直前，直奔目標，羊代表和順，兩者必須緊密結合在一起。第五組是猴子和雞，猴子代表靈活，雞定時啼鳴，代表恆定，兩者一定要緊密在一起，才能保持整體的和諧與秩序。最後是狗和豬一組，狗是代表忠誠，豬是代表隨和，這是我們中國人一直堅持的外圓內方，君子和而不同也。古今中外有東西文化之不同，及傳統與現代文化之差異，造就了多元的科技與文明，應用在人類的精神與物質上，即是造福人群。但如果應用於戰事上，則是危害人類，如今大國崛起，小國覺醒，大家只有體悟古人的智慧與慈悲，方能讓世界和平，人類和樂。

（筆于二〇二〇年五月二十日 山城之夜）

我的教授摯友

我印象深刻的學術界恩師教授不多，依年齡長幼分，計有黃登山主任、曾永義院士、李春芳教授、洪安峰教授、博武光所長、朱言明院長、張瑞濱校長及林安梧院長、江明修院長等人，與我的因緣概述如后：

黃登山主任，民國二十七年次，是我東吳大學中文系恩師，年輕時帥如影星亞蘭德倫，上課幽默，學生喜愛，專研老莊思想，著有多本專書，近些年與我多所聯繫，我與妻也曾至台北市士林區拜訪其府兩次，並獲其贈書，受益良多。近日我為文，道法自然。引述恩師之老子釋義，他兩度來電，多所讚言。

曾永義院士，民國三十年次，中研院院士，台灣大學中文系所名教授，更是酒党党魁，是小女怡嫺台大中文所指導教授。他六十歲時因我東吳大學學妹郭玉華教官引薦而與曾教授結了善緣，經常有機會聚敘，他著作等身，其小品文「愉快人間」、「椰林大道五十年」，我甚喜歡。過去我們聚會總要喝上幾杯，自我罹患白血病後，他囑我要多養生，我已滴酒不沾了。

李春芳教授，民國三十一年次，是我台師大教育學分班老師，因在華視新聞廣場而結緣，他是位名嘴，也是台師大教育系教師桌球代表隊，是桌球高手，也是我桌球同好。民國一〇二年我榮獲美國 加州 世界藝術文化學院榮譽文學博士時，他堅持在台北市「醉紅小館」邀請一桌友人為我慶賀，李教授住士林與黃登山教授同巷，均為我恩師。

洪安峰教授，民國三十一年次，與我同是中國文藝協會理事及中華民國新詩學會監事長，民國一〇一年在綠蒂理事長推薦下，我們同往中國 山東省公立棗莊學院講學，並同獲榮譽教授名銜。早期洪教授與我先後在台北市 開平高中擔任三民主義課程，如今他寫詩逾千首，演講也逾千場，其知名度在兩岸三地均居高不下。

傅武光所長，民國三十三年次，是我夫妻台師大暑修國研所恩師，也是我長女怡嫺台師大國文系之導師。傅教授與我是苺林同鄉，其妹傅圓妹老師是我初中同學，兄妹皆多才多藝。傅教授政治理念與立場雖與我稍異，但他能保持中立的態度，讓我佩服，他與我亦師亦友，非常感恩。

朱言明院長，民國三十九年次，是前明新科技大學人文社會學院院長，曾是我文化大學中山學術研究所學分班老師。為人謙和，異常孝順，對文學修養甚高，世居苗栗山城，我們常有機會聚敘，是位難得的良師與益友。

張瑞濱校長，民國三十九年次，前國立台灣戲曲學院校長，曾任國立國父紀念館館長，彰化縣副縣長，去年退休後，出版鉅著「你也能華麗轉身」，震撼了政治，學術與藝文界。他是我大學同學，一直都有互動，我因緣介紹他給台大曾永義大師與文協綠蒂理事長認識，彼此相知相惜，是我最好摯友之一。

林安梧院長，民國四十五年次，台大首位哲學博士，前慈濟大學宗教與人文學院院長，清大通識教育中心主任，中央大學，台師大教授，集哲學，儒學專業於一身。今年四月間蒞臨苗栗寒舍促膝長談，並致贈我墨寶兩幅，創立元亨書院，為中國山東大學易學及中國古代哲學研究中心特聘教授，在學術界是一位頂尖人物。

江明修校長，民國四十八年次，苗栗縣公館鄉人，台灣著名政治家，目前擔任國立政治大學社會科學學院院長，國立政治大學公共行政學系特聘教授，國立政治大學公民社會暨地方治理研究中心召集人與苗栗縣社區大學校長等職。其父江增祥校長，民國七十二年於苗栗縣銅鑼鄉與我結善緣，他時任銅鑼國小校長，我初任銅鑼民眾服務站主任，是令人欽佩之教育家。

江校長，江院長父子與我多所聯繫，父子曾聯袂蒞臨寒舍暢敘，為人謙卑有禮，頗為地方所敬重。

其他如我堂姪前國立中山大學應用數學系官大智所長及孔昭順恩師長公子孔憲台教授等交情甚篤，亦多有聯繫，他們學有專精，皆為良師益友，惠我良多，感恩。

（筆於公元二〇二〇年五月二十五日 山城夜雨時）

交友之我見

網文中有一則，說「好朋友走到一起不容易」，朋友之間，有的強勢，有的隨和，有厲害的，有溫順的，有計較的，有大度的，有誠實的，有愛面子的。沒有天生合適做朋友的人，需要的是，彼此包容、理解、改變，風風雨雨的磨合中，改變著不合適的彼此，唯有諒解不計較，才可以相互陪伴。

慈濟的四神湯「知足、感恩、善解、包容。」及佛光山的三好歌：「存好心、說好話、做好事。」皆是引導社會群眾的正能量與善知識，只是在現實環境中，人與人之人際關係可不是如此單純，我們皆未「超凡入聖」，也尚未成佛，只能透過懺悔與修養，減少社會上人際間的矛盾與衝突所產生的負能量。我們每個人的個性與人格特質不同，所處環境與經歷學養也有差異，不能一視同仁，也不能一味容忍與老實，否則會變成一種鄉愿，自欺欺人，自害害人。當今我們社會何以詐騙集團多，何以高層至基層民眾受騙的不計其數，不是心防不足，而是慈悲心濫用及貪婪心作祟所致。

星雲大師曾謂：「有緣多聚聚，無緣隨風去。」的確，孔子曾言：「友直、友諒、友多聞。」此為益友，而損友即「友便佞、友便辟、友善柔。」好友能一輩子走下去，主要是彼此能講誠信與道義，當你發現對方理念與你不同，志不同道不合時，只有漸行漸遠，切不可勉強湊合，不然痛苦的是自己，這時你要學習到「保護自己」，別「酒逢知己千杯少，話不投機半句多。」平時酒肉相聚，滿口仁義道德，當你有苦有難時，損友跑得比陌生人還快，還冷酷無情，或許你我多少有這種不愉快經驗。

經多年的磨合與機緣，與我理念相近，志趣相似，情同手足的摯友，如學忠、錦松、景良、英梯、興惠、禮雲、榮宗、福貞等，他們與我之誠信互動，正是知己的典範呢！

我們國內民眾意識形態過於濃烈，藍綠對峙嚴重分歧，常至於黑白不明，是非不分，黨中有派，派中有系，系中有流，打著民主大纛反民主，如同昔日共產黨打著紅旗反紅旗一般，令人慨嘆與無奈。國際關係亦與人際關係類似，講求公平正義者有之，但多數是現實的利益索取，要如何選擇自己的益友，我想主要靠自己的智慧與彼此的因緣吧！

（筆於二〇二〇年五月二十七日 山城雨夜）

如何稱謂

「稱呼」在人際關係間是需要，也是必要的，不能用「喂」來代用，那是不禮貌也容易引人反感的。與陌生人打招呼，有人習慣用「嗨」或是「先生」、「小姐」、「帥哥」、「美女」表示一種禮儀，認識的也習慣稱呼職銜，如「董事長」、「王總經理」、「江大哥」、「蕭主任」、「高教授」、「佘老師」、「羅老闆」等等尊銜，讓人聽了舒服，自己也愉快，不會因為如此稱呼而降了自已的地位與人格，反而會因為您的美稱更贏得對方對您的尊重。

以我個人為例，小時我尊稱我父母為「多桑」「卡桑」，父母親與家人或鄰居都習慣叫我綽號「小番」。唸中小學時，都習慣彼此稱「同學」，到大學及進入職場後，要好同學同事都習慣稱呼我「老官」或「官主任」、「官老師」。以前有一位同事姓覃，年齡長我二十歲，因為太熟了，一開始我們習慣稱彼此「老覃」、「老官」，但到他近八十歲時，別人稱他「老覃」時，他開始介意了，我每打電話改稱「覃老」，他就很開懷呢！

在家裡，夫妻彼此的稱呼及父母與子女間的暱稱也有不同，有的夫妻彼此稱「親愛的」、「孩子的爸」、「孩子的媽」或叫名，或呼姓，因父母喚孩子為「寶貝」「弟弟」「妹妹」，子女稱父母為「爸爸」「爸」、「媽媽」、「媽」不一而足。我在家稱妻為「阿靜啊」，妻則隨孩子稱我為「爸爸」，結婚四十多年來，對彼此稱呼「始終如一」。

因為我用筆名「龍影」寫作近三十載，偶有讀者打電話找我，說「龍先生在嗎？」妻接到電話，誤以為對方打錯電話，即說：「我們這邊姓「官」不姓「龍」，您打錯電話啦！」令人哭笑不得呢！早期的農村父母，多沒唸過書，文化水準不是很高，為子女所取名字五花八門，例如「阿貓」、「阿狗」、「阿花」、「阿珠」、「罔市」、「罔搖」、「招弟」、「番薯」，尤其更離譜者，明明生的是女孩，取名「大剛」，明明是男孩，取名「芬芳」，長大後真不知如何面對別人異樣眼光。過去「戶籍法」規定嚴謹，要改名可要費一番工夫，如今「戶籍法」鬆綁，自行改名的不知凡幾，那句經典的成語「大丈夫行不改名，坐不改姓。」也不存在字典裡了。

名字，只是一種代號，出家師父有「法名」，演藝人員有「藝名」、作家有「筆名」，我們所熟知的國父孫中山先生，在清末民初，因為革命因素，為掩人耳目，化名為逸仙、孫文、中山樵、帝象、德明、日新等等，再如唐朝詩人李白字太白，號青蓮居士。王維字摩詰，號摩詰居士。杜甫字子美，號少陵野老，一號杜陵野客，杜陵布衣，後人稱其為杜拾遺，杜工部又稱杜少陵、杜草堂等等。我們中國人取名算是精簡許多，不是三個字即是兩個字，早期婦女冠夫姓，就有四個字，再看歐美非許多國家民眾的姓名，有些長得無法讓人記住，中國人是極有智慧的民族，單從姓名學即可理解！

（筆于二〇二〇年六月一日晚 山城之夜）

第五輯　普世的價值觀

淺談糖尿病

今日收到台北友人王總經理銘瑜寄來一箱玉荷包，我喜不自勝，但妻不讓我多吃，她看過網文醫師強調，空腹不宜吃荔枝，荔枝會有「果糖」含「次甘胺酸」，容易造成「低血糖症」。空腹吃多了，會使人暈眩、休克、血糖代謝慢，胰島素易增高，所以荔枝與龍眼一般，空腹不可多吃，尤其甜度高，對糖尿病患者更應注意。

我夫妻多年前即患有糖尿病，均有依醫師指示固定服藥控制血糖，但醫師也特別要我們注意飲食原則，亦即無論病情輕重或類型，最重要的一點就是「絕對需要特別注重飲食」，以便控制血糖，營養師也建議我們三餐保持固定用餐時間與食量，千萬不要因忙碌而延誤用餐時間，或是隨血糖高低隨意調整份量，這些都會打破體內血糖的平衡，除了定食定量，把握「少量多餐」原則，也有助於血糖控制。

妻茹素十數年，總以為糖尿病不會找上她，但三年多前感覺身體不適，某日，尿液引來許多螞蟻，驚慌之餘，乃帶她去醫院初診，豈料飯後血糖高達四百以上，算是超高，當日開始，她乖乖聽醫師與營養師建議，改變飲食習慣與運動作息，迄今控制極為良好。而我較隨性，缺乏運動，不忌口，藥物也未能遵照醫師囑咐定時服用。某日，至全聯購物，突然全身顫抖無力，感覺頭暈目眩，妻趕快買了麵包，結了帳，在車內我囫圇吞食了麵包飽肚後，方感覺回神。從此妻每日叮嚀我飲食作息，並半強迫我早上陪她在附近校園走路半小時以上，以改善我因缺乏運動，爬坡易喘的毛病。

某日與妻上台北兒子家含飴弄孫，妻特別煮了一桌美食，我胃口大開，準備大快朵頤一番，豈料妻限制我只能吃一碗飯，平時我非兩碗飯不能飽食呢！唸小一的小孫女星彤在旁說：「爺爺，您可以把一碗飯裝滿，再重重壓下去，等於是兩碗飯的量啊！」小孫女聰明貼心，那晚我吃得好飽好愉快。

但翌日到北榮總回診時，飯前血糖竟然高於一八〇，妻在旁嗔怪貪食，看來我真該忌口了。

佛法中有提及：「貪嗔痴慢疑」是所謂的「五毒」、「財色名食睡」是「地獄五條根」，我幾乎都犯了戒規，除了誠心懺悔，更需要自己身體力行呢！

（筆於公元二〇二〇年六月十二日 山城之夜）

悼念恩師－－王冬珍教授

今年四月間，接悉台師大恩師王冬珍教授小兒士遠來訊，告知他數月前將病重的王老師從南投埔里他哥家接至新竹市他家照護，並用賴傳來王老師今年春節與其全家人之溫馨合照，只見王老師憔悴病容與民國一〇三年八月我夫妻兩度前往埔里去探視時更為嚴重，當時她還認得我夫妻。

得悉她年前由其小兒接往新竹照顧後，本欲與妻前往探視，其小兒回訊說王老師已認不出任何親友，五月底突接其小兒傳來我們敬愛之王老師已往生之噩耗，頃刻間如晴天霹靂，六月十三日上午於台北市第二殯儀館舉行告別式，我北上車票本已購妥，何奈告別式前三日我突然嚴重中暑，無法前往參加公祭，至感遺憾。

告別式前，我夫妻在家恭唸兩部阿彌陀經迴向給王老師，並聯絡前台師大國文系傅武光所長、林安梧教授及鍾隆榮學長前往參加弔唁。事後得悉當日告別式備極哀榮，王老師享年八十有五，生前可謂福慧雙修，往生後則謂福壽全歸了。

回顧與王老師的一段善緣，是於民國八十七年至民國九十年間，我就讀台師大暑期國文研究所，王老師擔任我們班導，第一年班長是林金月（現改名為林靜琳）學長，第二年班長是鍾隆榮學長，第三年由我擔任班長，第四年班長是游雪琴學長。班上五十多位學生女多於男，來自全國公私立國高中國文老師，以年齡排序，鍾隆榮學長長我三歲，排名首位，我排第二位，同學們暱稱我為「大哥」，鍾學長則為「大哥大」，四年暑修同學們筆硯相親，如同兄弟姊妹，記得結業那年（民國九十年），辦了畢業旅行「雲貴十日遊」，同行的教授有邱燮友老師及廖吉郎老師，印象深刻。

妻柯淑靜老師於民國七十九年至民國八十二年，先我進修台師大暑修國研所，與我先後受教王冬珍老師，王老師講授「先秦諸子」，往往一講四節課，學生勤作筆記，妻也是個上課專心聽講勤作筆記的好學生，待我唸師大暑修國研所時，王老師之講義內容多與以前所講內容相同，我拿了妻的筆記，只專心聽王老師精彩的講解，省了抄筆記時間。王老師知悉鍾隆榮學長與我年紀較長（當年我四十七歲）對我兩人多所尊重，尤其當年鍾學長在基隆高中就讀時，王老師正是他的班導，我們對王老師皆非常「尊師重道」。結業後鍾學長與我特別安排帶老師與程師丈前往嘉義阿里山看日出，並至苗栗獅頭山一遊，也陪老師、師丈至南投杉林溪健行，留下不少美好的回憶。

王老師瞭解我嗜愛桌球運動，在暑期進修期間，我偕同班上林世明學長常前往和平東路相約莊耀郎教授（已故）、郭鶴鳴教授切磋球藝，一場廝殺震天，變成了良師益友呢！王老師雖不打球，但特別至師大附近球具行購了一支球拍給我，她講課時，有時累了，要我幫她講一堂我擅長的課程，例「靈異與靈魂」等等，記得我當班長時，帶領全班同學至國立國父紀念館參觀，當時張瑞濱館長是我大學同學，特別出面引導我們參觀國父紀念館，並致送每位同學一袋簡介資料與紀念品，非常感恩！

當我小女怡嫺台師大國文系畢業後，順利考上台師大國文研究所及台灣大學中文研究所時，王老師特別要我夫妻至她木柵興隆社區住家，拿了一套由雕龍出版社印行的新月月刊共十四冊，做為獎賞小女的禮物。今天王老師的告別式圓滿，前往參加公祭的鍾學長來訊告知我：「早上參加了王老師的告別式，你和令嬡和她合照的照片有出現在靈堂上。」看過傳來的王老師遺像，撫今追昔，不禁悲從中來，眼眶已泛淚光。今日我夫妻為王老師唸過佛號，午晚餐時，氣氛卻是如此凝重，妻催我為王老師寫首悼別新詩，但我選擇白描散文，今夜一氣呵成，很自然誠懇地當成一篇祭文吧！

（筆於公元二〇二〇年六月十三日山城之夜）

讚我官姓人家

今年三月廿八日第一個台灣官姓宗親顧問團會館在苗栗寒舍掛牌成立後，陸陸續續有各地宗親來聚會餐敘，忝為第一屆台灣官姓宗親顧問團聯誼會會長的我，除了組織幹部不定期訪問全國各地集居的官姓宗親，以建立情感外，去年也安排顧問團幹部訪問中國大陸原鄉（廣東省 普寧市 惠來縣 梅林鎮 尖石村）祭拜祖先孟一郎公。除了交誼外，更對各地宗親既有之「官氏族譜」作一番核對與考證，今年二月初旬更組團近二十位顧問暨眷屬遠赴馬來西亞之東馬雪隆官氏宗族會與西馬官姓宗親會探訪與座談。在有文副會長的協助及有波總幹事的策劃及佳岫的精心安排下，馬來西亞探親首航之旅，算是異常的成功與順利。

適逢今年六月二日為我夫妻結婚四十三週年，本欲兩老買個蛋糕自行慶祝，不想打擾已婚嫁之子女。感恩當日台灣官姓宗親顧問團聯誼會 有文首席副會長伉儷、有波總幹事，有沐首席顧問伉儷、政鈞及建安等多人蒞臨，建安並致送「龍柏」雕刻成之「龍筆」予我這位「龍影」，感恩不盡。或許顧問團期望我能繼續執筆寫作，我謂已「官郎才盡」，但在顧問們之盛情下，只好盡心力不揣淺陋地繼續筆耕，並準備於明年母親節前與妻於故鄉芎林聯合辦理新書發表感恩餐會。

自龍影書齋改名為「會館」後，我將祖先聖像恭請至屋前會館，並將前往馬來西亞過程，選擇數張代表性的團體照放大護貝，並張貼於牆，讓有同往馬來西亞之顧問暨眷屬來訪時，更有溫馨的回味。這兩日，我更將「會館」穿堂之兩側牆，化身為「時光隧道」，貼滿了親友、摯友與文友的照片，讓來訪者有一種歸屬的感覺。

我們台灣官姓宗親顧問團聯誼會已成立兩年有餘，本意為延攬全國有專業、有熱忱並對此聯誼會有強烈的認同者加入，是有別於一般的宗親會，成員二十餘人，來自各行各業之世代精英，也是我們官家的智庫，逐步推展連繫服務宗親與編纂重修族譜工作為使命。在台灣宗親不足三萬人，中國三十萬人，依最新排序我官姓在三百姓中，排名第二百七十四名，分散至世界各國的官氏宗親，估計約有十餘萬人，算是少數姓氏之一，期望凝聚「血濃於水」的親情，這也是我們成立顧問團聯誼會之宗旨與目標吧！

（筆於公元二〇二〇年六月十六日 山城之夜）

紓解孤寂

從網文中，瞭解英國前首相佘契爾夫人，有事業與愛情，但沒有家庭。她二十五歲步入政壇，成為英國保守黨的候選人，選上首相後成為世界上的風雲人物。她年輕漂亮嫁給富商丹尼斯，生了一對龍鳳胎，她生完孩子兩周後就離開先生孩子，回到政壇，她覺得家是沒事無聊才去的地方，先生、孩子多所埋怨，她的觀念讓她付出慘痛的代價，她兒子長大後流浪到加拿大，女兒遠嫁瑞士，孫子則在美國。

退休後正是她結婚五十周年金婚，兩年後她先生不幸過世，她悲傷異常，退休後七十七歲生日才收到四張賀卡，八十歲大壽時自掏腰包宴請六百五十人熱鬧一番，但她健康卻逐漸下滑，才開始想到子女與孫子，寫信要他們回來看她，但她女兒回信說：「妳要學會自立，我們小時妳沒陪伴。我們現在一樣不陪伴妳。」她二〇〇九年過世後，國家幫她辦了盛大葬禮，但她子女與孫子皆未回來參加喪禮只發弔唁，令人感慨。

當然，佘契爾夫人之情況或許是個案，我們許多年輕的父母親，何嘗不是對子女呵護備至，甚至於保護過度，孩子長大後對父母不孝，甚至不仁不義皆有之，有人引用佛家語：「孩子是來討債還債，或是來報仇報恩的。」當孩子長大後，即如小鳥翅膀硬了，自然遠離自己的父母親，似慈烏反哺者還真不多呢！有人會說，生兒育女是自然界一種責任一種循環，至於孝順報恩與否，那只是人類一種思維與價值觀！與本性天性似乎沒有絕對關係，退休或將退休的銀髮族或許要早作心理準備呢！

遲暮之年，我們多數人會感孤寂，會懷念年輕時的健康與風光，陪伴自己的，只剩下老伴、老友、老屋與老狗，當然還有一些老本，如果還不能學習放下，憂慮與寂寞自然揮之不去，再多的名與利只是過眼雲煙，也只是一場夢影，何妨量力而為，選擇幾件有意義又能力可及的運動或公益做做，出點錢、費點力發揮自己人生的價值，既可紓解自己的寂寞，又可奉獻社會，何樂而不為？

（筆於二〇二〇年六月廿四日 山城之午）

憂鬱症

妻民國九十三年因憂鬱症所苦，提前於五十三歲從國中教師退休，近十七年來，看過不少醫師、服過不少藥物，總是時好時壞，三年前透過友人介紹，至台中市某診所就診服藥，竟然效果比之前幾家醫院好多，當然良醫良藥很重要，也需要有貴人相助，再加以自身之生活習慣及飲食的配合，也是重要原因，但妻也因為自覺病癒，近四個月未回診拿藥，今年六月中下旬病情復發，整個人不對勁，我急忙開車載妻到台中那家診所回診拿藥，只見那家診所當場掛號，病患擠滿候診室，醫師叮囑妻不可太久斷藥，妻回來也乖乖按時服藥，我也開始上網瞭解與配合醫師指示，耐心又小心地陪著妻走過她憂鬱症的辛苦日子。

據了解，季節性情緒障礙是一種會反復發作的憂鬱障礙，典型季節性情緒障礙，的確開始於秋季或冬季，並到春天就會症狀消退，但是約有十分之一的季節性情緒障礙，是在春天或夏季出現的，過去我一直未專注妻的憂鬱症狀，當發生時總會無知地情緒發作，怪她消極不振作，陪伴一段過程與醫師諮商後，方明瞭對憂鬱病患者要有三不守則：

一、不鼓勵：不需一直對患者說要加油，要正向思考等話語。

二、不責備：不要責備患者說都是她的錯，或是責怪患者有病就什麼都做不好等等負面的情緒話語。

三、不反駁：面對沮喪的話語，傾聽就好，不要一直反駁患者說的都是錯的，應該鼓勵或陪伴她就醫，另外讓她瞭解，現在不好，但不代表未來會不好，要自信與堅持。

妻與一般憂鬱症患者症狀相似，孤獨感很強，會拒絕與眾人接觸，消極逃避，我盡量鼓勵並陪她早起到附近校園走路散心，曬曬太陽，也會鼓勵她寫作出書自我療癒，隨她喜歡，不能勉為其難，不希望她有壓力而增加病情。

除了監督妻要按時服藥，我也從網路中找出一些憂鬱症患者，所適宜吃的食物，妻茹素十餘載，可以吃「起司」，因為起司內含「色氨酸」，能協助製造「血清素」可調節情緒，讓人有愉快興奮的感覺，其他如牛奶，蛋黃、杏仁、毛豆、香蕉，菠菜、奇異果、芭樂、檸檬、橘子、堅果類，全穀類、糙米、巧克力等皆可食之，有助於減少與改善憂鬱症之發作。

妻是虔誠之佛教徒，平時喜歡從電視中聽淨空老和尚講經及到慈濟苗栗園區或淨覺院當志工或聽經聞法，我儘量配合她作息，我想這也是一種自然療法，雖不能完全治根，但至少發病率會大大降低，這也可安撫家人與病患的緊張情緒吧！

（筆於二〇二〇年七月一日 山城之夜）

閃耀星光

龍影同鄉亦為姻親（三嫂之姪兒）之劉得金中將簡介：

劉得金中將，現年五十八歲，現任陸軍第二副司令，台灣省新竹縣芎林鄉人，他於公元二〇一二年七月一日，接任第二十八任中華民國陸軍官學校少將校長，是陸軍官校第一個台灣本省籍的校長，且多次留美取得美國國防大學 國防工業學院碩士學位，並擔任駐新加坡共和國武官，曾任陸軍北高地區指揮部少將指揮官，陸軍六軍團中將副指揮官，陸軍花防部中將指揮官，國防部參謀本部電展室中將主任，陸軍第八軍團指揮部中將指揮官。

劉將軍父親劉邦展先生，生前為地方政壇聞人，曾任新竹縣芎林鄉鄉民代表會主席，劉將軍有兄弟三人，大哥於美國取得博士學位，並有高薪工作，二哥劉得浪先生，是國際知名西畫家，台北尊彩藝術中心負責人，其繪畫由西洋古典畫派為出發點，融合自己的情緒思想及民族特質，很自然地藉著台灣的景色來表達他在繪畫上不斷創新的風格與意念，其作品一出，常令人驚艷。

龍影今年七月十二日上午專程返鄉與之暢敘，並對劉將軍一家三傑，表示欽佩，劉將軍之二哥得浪以回憶的神態告訴龍影：「您算是我長輩，記得當年您考上大學來家裡時，我還在唸國中，那時您長的好帥。」「時光流轉太快，一眨眼，我們都已是六、七十歲的中老年人啦！」在談笑中，兩人皆有幾分的感慨。

註：今年十二月八日劉得金中將復榮調國防部總督察長。

（筆於二〇二〇年七月十五日 山城之夜）

低格的霸凌

過去常聽說「網路霸凌」，有人抗壓力低，沒法紓解而自行輕生之案例不少，我有位文友詩寫的不錯，後來也不堪網路霸凌而情緒低落甚久，甚至於關掉臉書，或不斷更改筆名，仍難驅除內心的挫折與陰影，我仍鼓勵她寫，不用太在意與理會別人的惡意攻訐，她重拾心靈之筆，詩寫的愈來愈好。

三十年來的寫作，出版了近二十本散文與新詩，我只遇到少數良師益友會在新書發表會後，私下給我一些小建議與幫我撿出不傷大雅的錯字，我甚是感激，事後我請妻子將該書一些錯別字或誤用語列印一張「勘誤表」，教科書內難免有錯，仍需要將錯誤減少至最低，這是對文友或閱讀者起碼的尊重與責任。

今年七月間，我從慈濟台中醫院手術白內障回來，接到一封奇怪的匿名信，我心覺有異，找出我八年前的拙作，並搜出幾個錯字或別字，就大肆無情的評論，甚至於批評吾師，我本以謙卑心、平常心來看待，卻也禁不著內心的怒火，將信箋扔進垃圾桶，隔天寫一封信回應對方，豈料對方信封地址與內容是打字貼上，所寄出的信也被退回，查無此人。

散文也好，新詩也罷，只是主觀或客觀的陳述作者的觀念，算是一種思維創作，讓閱讀者分享與探索作者的心靈世界，每位包括藝術家、書法家、音樂家需要人鼓勵的動力與正面的獨特風格不同，而非見不得人好，恣意亂評，譬如這位先生（或女士），糾正我文中「作東」應寫「做東」，事實上「作東」與「做東」本同義可通用，明朝馮夢龍《古今譚概．文戲》：「東都周默未嘗作東，一日請客，忽風雨交作。」及《紅樓夢．第三十七回》：「既開社，就要作東。」另外在朋友相互之間請客吃飯經常會說：「今天我作東，請大家吃一頓飯。」戰國七雄中，因為鄭國在秦國東面，所以鄭國就自稱「東道主」或「東道主人」，《紅樓夢．第三十七回》：「我雖不能詩，這些詩人竟不厭俗，容我做個東道主人。」，因此「作東」與「做東」是相同的，期望這位有心的先生（或女士）多尋資料，多讀古書才是。

我內心雖感疑慮，然憤恨難平，卻無法找出對方好好談文說藝，私下仍請英梯兄幫我尋找信封上之地址，只想請益而已，英梯兄很快給我回訊：「竹北市義民路只有三段，沒有四段呢！」我誤信地址既是假，姓名也非真，守相只回訊說：「因為您優秀，所以有人暗地打擊您吧！」無論優秀與否，其實作人要光明磊落，彼此互相研討切磋，何需以低俗之「霸凌」來摧毀人性的善良與社會的安寧呢！

（筆於二〇二〇年七月二十五日 苗栗木鐸山莊）

再訪莒中

在寄贈一本「承擔與放下」及「龍影文訊季刊」第三期給母校莒中新任一年的徐俊銘校長後，未久即接到他邀請我返回母校一敘的電話，約了八月六日星期四上午十時見面，我事先也約了英梯兄與林靜琳主任先後抵達。

我對莒中母校存著深厚的情感，對當年的恩師更是永生難忘，為表達對母校的懷念，我先後於民國九十三年四月十日及民國一〇八年七月廿一日在莒中「育賢堂」辦了兩次新書發表會，每次新書發表會參加人數總不下於百人。

這次的訪問，英梯兄早我半個小時抵達與徐校長暢談許久，隨後我夫妻準時十點抵達，靜琳主任也依時到達校長室，巧的是，我與英梯兄是民國五十二年進入芎中就讀，徐校長與靜琳主任則是民國五十二年次生，年齡差一輪左右，看看校舍如此莊嚴華麗，校園景觀更是美不勝收，想想我外孫今年已念國一，真的是世代交替，長江後浪推前浪，我們這一代只能在時光隧道中尋找記憶的腳印。

校園內幾棵鳳凰老樹開滿了紅花，像一支支熾張的紅傘，校門內的那座「育賢堂」小禮堂，更是我們七十歲左右的同學最佳也最多的回憶，想想同屆的莊興惠校長與許世烈校長先後擔任過母校校長。而英梯兄更是莊、許校長在橫山國中交接時的監交官，徐校長直呼不可思議，我們今日再前來母校敘舊，也正成就了這段好的因緣，教育乃百年大業，我的心承續了這段薪火相傳的使命呢！

中午徐校長另有要公，在校長室合影後，我夫妻邀請了英梯兄與靜琳主任至附近之「竹林園餐廳」共饗，並預訂了今年十月十五日我台灣官姓宗親顧問團顧問暨青年宗親溫馨聯誼座談會及明年我夫妻聯合新書發表會之場所，一切的活動工作正開始逐一準備中，期望能順利而圓滿。

下午用膳後，互道別離，天氣熾熱如火，開車上了北二高，經四十分鐘才回到苗栗家，急急開了冷氣，開始我習慣的午覺時光。

（筆于二〇二〇年八月十日 山城之夜）

人生粹鍊

在多次不同性質的聚會中，摯友英梯常會提起我所唸中小學之往事，說什麼我是「鐵骨身」、「文武兼備」，我不敢臉上貼金，只能說四、五十年代的自己，並非好勇鬥狠，而是防止校園霸凌，而練身自保與保護弱者。年輕時血氣方剛，也見義勇為，如今七十之齡，體能俱弱，偶而如風中之燭，只有靠回憶來充實與活化自己的身心靈了。

民國六十三年大學畢業，六十五年服役歸來，充滿熱忱與理想考入戒嚴時期之國民黨黨務人員，為了一句「千斤重擔壓肩頭，一身任務為黨國」，在那特殊環境中，只心存革命情感，幾乎疏離了家庭溫暖，尤其在當了八年主管後，可說與其他同仁一般「捨我其誰」，時刻櫛風沐雨、披星戴月，回顧當年拼搏的精神，如無良好的體能與中心信仰，真是難以承擔志業的。民國七十六年解嚴後的兩年，民心思變，經國先生推動「中國國民黨與民眾在一起」，讓國民黨從早期之革命政黨到革命民主政黨至民主政黨，黨務愈沉重，輔選政治任務愈艱辛。

我乃毅然離開奮鬥了十二年的黨務工作，轉換至教育跑道，那年我三十九歲，先後在四所私立高中職服務，直到民國一〇一年，即母親過世第二年申請退休，那年我六十二歲，服務教育界近二十三載。

在民國七十八年從黨務退職後，經新竹縣籍之省議員周細滿先生推薦至新力工商（現為東泰高中）任教，當時校長是苗栗縣大湖農工教務主任吳兆乾先生，他退休後受聘至該校，私立學校校長為求生存，招生工作列為首要，我發揮了文宣專長，協助該校一年後，我轉回苗栗縣私立育民工家擔任校長秘書與公關主任，當然除了教學，還擔任招生委員會副總幹事，三年後經台北市私立協和工商吳添洪校長推介我至著名私立開平工商（現改為開平餐飲學校）任職，擔任夏惠汶校長秘書兼主任，當年我四十二歲，校長長我兩歲，澳洲雪梨麥寬利大學教育哲學博士，充滿教育熱忱與理想，我一人可得當三人用，除了教學，還負責指導校刊，擔任校友會總幹事及陪同校長參加校外各種會議，甚至上電視新聞廣場探討當今私立學校結構與比例問題。

民國八十一年我甄選進入台師大教育學分班，兩年後修滿教育學分，因考慮三個子女尚幼，不忍妻太操勞乃向夏校長請辭回鄉。民國八十三年夏，經知名的私立建台高中黃錦榜校長協助，順利就近在建台高中服務十八載，因擔任專任老師，日夜校國高中皆不少課程，直發現自己因操勞而罹患「慢性骨髓性白血病」，民國一百年母親逝世後，即申請退休療養，從事較輕鬆又自己喜歡的寫作與社團服務。也在寫作生涯中，獲得「附加值」的一些榮耀。

回想自己年輕時被環境操練過，自己也力爭上游過，如今只盼與老友相聚敘，名利已如過眼雲煙，除了希望能健康，又夫復何求?

（筆于二〇二〇年八月十日 山城之夜）

正本與清源

依歷史考證，黃帝初都有熊國，因號有熊氏，還都涿鹿，即彭城是也，在位百年，壽一百一十七歲，崩荊山之陽，葬於橋山，元妃西陵氏女，名嫘祖，黃帝有子二十五人，得姓者十四，為十二姓，其首位為姬，漢族官姓出自姬姓及其分支，故官姓是正宗的黃帝後裔，奉黃帝為得姓遠祖。

我官姓始祖為擢公（號孟一郎），東陽堂的字輩即從「孟」字開始排序：「孟法觀廷，連居天昌，國士崇芝，必志其祥，德有大振，聲名顯揚，祚衍隆盛，瑞啟英良，開紹濟美，奕世傳芳。」

我們中國人的「姓」，正是代表著一個人的血統、淵源，甚至象徵著祖先的榮耀與社會地位，此種現象在早期的先民社會中，尤為顯著；到如今這種觀念雖然有逐漸式微的跡象，但每個人對於自己姓氏的尊重，依然保持認真和謹慎的態度，至於逐漸式微的原因，除了潮流趨勢之外，主要是每個人忙於在工商社會中打拼，對自己姓氏的來源出處已顯陌生，早期在有關單位（如統一企業有限公司）推動下，許多姓氏宗親開始尋根思源。

再如我始祖諱膺公，蒲卅解梁人也，本姓關，後因唐代黃巢之亂，攜祖母朱氏遷入福建汀洲寧化縣石壁村避難，改姓官，這些典故，本有原始資料可資稽考查證，至於以後族系的遷徙延續與航臺分布的艱辛歷程，均有賴於年長的宗親口述，與親赴大陸原鄉去訪查考證。有沐宗長花費數十年工夫，不斷與大陸宗親接觸考證各處官姓族譜與彙整，力求真實百分百，另外，對「東陽堂」之典故，也根據大陸原鄉宗親提出最新之佐證，自古爾來，常有「一姓多堂」，也有「一堂多姓」，在正本清源下，有沐兄不憚其煩地分類與彙編，在有文、有河宗長牽引下融合其各房宗親之團結共識，完成此《東陽堂臺灣官氏族譜》鉅著，不得不讓人欽佩其恆心與真誠矣！

當今全中國大陸官姓人口大約有三十萬人（臺灣約二萬人），約佔全國人口〇．〇二二百分比，目前官姓的第一大省為廣東，大約占全國官姓人口的百分之二十四，官姓在全國主要分布於山東、湖南、黑龍江及臺灣等地。

除了瞭解我官姓遠祖為黃帝外，也確知三國時關羽亦是我官姓之祖，多年前我曾赴中國湖南省十三日，參觀總督府遺址，在榜單中，發現我官姓祖先也與清 曾國藩、李鴻章等人榮登「總督」榜，在明朝時期，我官姓祖先官彪也榮任「總兵」之職，前年十月中，我與有沐宗兄伉儷及政鈞宗弟等四人接受大企業家有文宗弟之安排，至廣東 梅林鎮 尖石村參加全國官姓宗親祭祀大典與宗親大會，並親往福建 詔安 孟一郎公墓祭祀追思，於當地並尋得清代我官姓祖先「一品夫人之墓碑」。

這次編修航臺第十二世芝榮和公派下的《東陽堂官氏族譜》，由前高等檢察署書記官退休，年近九十的有沐宗長彙集數十年的資料，遠赴中國 廣東 官姓原鄉考證座談並與臺灣 官姓家鄉所造設的族譜融合與分類，即如鼎力促成之益伸集團董事長有文宗長所強調的「兩岸同文同種一家親」，「官氏共存共榮一家人。」我們除要尊重前人歷史的記載外，更需以前瞻態度，讓後人能夠依循「尋根思源」與「慎終追遠」，以感恩心與正本清源態度來追念緬懷我們官姓列祖列宗，此為編修族譜的主要使命。

個人深以官氏子孫為榮，於臺灣官氏族譜經典問世前，渥蒙有沐宗長與有文宗長之抬愛與囑託，以誠惶誠恐之心特此作序，以為賀之。

（敬序于二〇二〇年（歲次庚子）八月立秋）

夢「過零丁洋」

昨日三更，室溫依然居高不下，上半夜拿了半舊的風扇猛吹，窗外卻飄著細雨，隱隱約約聽聞到山下寺廟的梵音，在朦朧的睡夢中，我竟夢到南宋文天祥的「過零丁洋詩」的情境。

『辛苦遭蓬起一經，干戈寥落四周星。山河破碎風飄絮，身世浮沈雨打萍。惶恐灘頭說惶恐，零丁洋裏嘆零丁。人生自古誰無死？留取丹心照汗青。』

半夜驚起，匆匆從維基百科中尋找到文天祥以「過零丁洋」、「正氣歌」等千古絕唱詩，而《過零丁洋》是南宋詩人文天祥所作的一首七言律詩，南宋祥興元年冬十二月，文天祥在抵制元朝軍隊失敗後被俘，在廣東零丁洋元朝軍艦上作了這首詩，用心表明忠於宋朝，不願投降的心志。詩中「人生自古誰無死？留取丹心照汗青」一句，乃千古絕唱。這首詩飽含沈痛悲涼，既嘆國運又嘆自身，把家國之恨，艱危困厄渲染到極致，但在最後一句卻由悲而狀，由鬱而揚，並發出「人生自古誰無死？留取丹心照汗丹」的詩句，可謂慷慨激昂，擲地有聲，以磅礴的氣勢，高亢的語氣，顯示了詩人高風亮節與捨生取義的生死觀，可謂驚天地而泣鬼神。

在這場夢境中，我隱約聽到戰鼓聲、船艦汽笛聲，更在過零丁洋中，聽到濤浪震天巨響，我似乎穿越時光，幻化了詩文，一樣在詩境裡恐慌零丁，無助與悲憤，醒來後感覺一身倘著淚水、汗水、雨水與海水，見妻在睡夢中，我不忍驚醒，悄悄地，我下了樓、換了衣服，呆坐在客廳，望著窗外的暗夜，依然是如此平靜，在今晚之時空交錯裡，我一時無法回神過來，我是誰？我又在何方？

（筆于二〇二〇年八月二十日 山城之夜）

人際關係

記得詩人羅青有句詩：「地上人群為何像天上星星那麼遙遠，天上星星為何像地上人群那麼冷漠。」這或許是詩人個人的特別感受吧！在那麼複雜多元的人群社會中，有溫馨熱情的一面，也有冷酷無情的一面，我們可能都遇過，所謂「世事如棋局局新、人情似紙張張薄。」雖說「施比受更有福」，但當自己有困難時，也會期盼親友或陌生人能伸把手吧！

世界人口多達七十幾億，除了你在人煙罕至的地方，不然每天總會遇到不少的陌生人，如果自處在任何陌生之地，如何發展人際關係，真是非常大的考驗。過去有所謂的野外求生訓練，現代人際關係更為複雜化，如無法表達自己的本性潛能與共通的語言關係，在複雜的社會中要求生存，更顯困難。最近在中國網傳中出現一位六十七歲老人家，從家鄉至都市，搭公交車不會刷碼，頻頻被趕下車的窘境，生活大半輩子，竟然被社會科技一道牆阻隔著，顯示出科技社會出現的冷漠與文化的反自然淘汰，在多樣潮流的衝擊中，我們得到了現代的科技，卻也失去了傳統的文化，雖無法論定對或錯，總是在價值觀的天平上搖擺中，無法得到平穩。

社會人之臉譜百百種，有人長得慈眉善目，有人長得怒目金剛，有人盛氣凌人，有人謙卑有禮，有人笑容可掬，有人愁眉苦臉，因為不同的人格特質與親友或陌生人相處，所產生之效果自然不同，以我木鐸山社區二十住戶而言，彼此住了三、四十載住戶，各種背景皆有，妻是慈濟人、慈眉善目，見人即和顏悅色打招呼，人緣很好，我大概經歷過較多社會風浪與人情冷暖，個性變得嫉惡如仇，對冷漠高傲自以為是者不願主動親近，對誠懇又熱情者則願掏心掏肺交往，妻要我試著轉換心念，我也開始試著改變自己，當作在世間法的修行吧！

人際間的關係無論是親友同儕，即如磁場的強弱開始黏稠，逐漸地因了解而冷漠，若即若離、漸行漸遠，終而不復以往的初心，所謂有緣則聚，無緣則去，像一片白雲，一陣清風，無需留意什麼，這也是我們這般年紀要學習的輕安放下吧！

（筆于二〇二〇年八月二十六日 山城之夜）

中元節之思

今天是一年一度的中元節，下午四點許我木鐸山社區住戶先後在門口放盆水、毛巾及擺供祭品鮮果。我與妻準備就緒，也燃香行禮如儀，以水果、素饈、飲品、餅乾等等，祭拜邀請好兄弟前來共饗表示虔誠，約莫四十分鐘香頭燃盡後，也聽到附近鄰居點放鞭炮，我們也恭敬膜拜後，開始收起祭品。

依維基百科資料說明中元節又稱「七月節」或「盂蘭盆節」，為三大鬼節（清明節、中元節、寒衣節）之一，中元節是道教的說法，「中元」之名起於北魏，有些地方俗稱「鬼節」、「施孤」，又稱「亡人節」，七月半放燈之習俗就是為了讓鬼魂可以托生。依照佛家的說法，陰曆七月十五日這天，佛教徒單行「盂蘭盆法會」供奉佛祖和僧人，濟度六道苦難眾生，以及報謝父母長養慈愛之恩（孝親節），所以中元節這天一死一生，既可以托付對逝去之人的哀思，又讓人謹記父母的恩德。

傳說中，中元節這天陰曹地府將放出全部的鬼魂，民間普遍進行祭祀鬼魂活動，凡有新喪的人家按例要上新墳，而一般在地方上都要祭孤魂野鬼，成為中華民國最大的祭祀節日之一。儀式上各地繁簡不一、多依俗而行。所謂中元節，其實是結合佛教「目連救母」發展出來的，以及道教天、地、水三官的「三元祭」演變而成的。

農曆七月鬼門開，為了款待難得「放大假」的好兄弟，按照習俗會選在中元節準備「澎湃」佳餚祭祀，但依俗要注意一些禁忌，例如祭祀供品、數量，祭拜時間及位置等，否則萬一拜錯得罪了好兄弟，只怕會「請鬼容易送鬼難」呢！

再如萬萬不可拜香蕉、李子和梨子三樣水果，這三樣水果名語諧音唸成「招、你、來」，傳說會把好兄弟（鬼），請來家裡，屆時如同「請神容易送神難」，另外的水果如芭樂、番茄及釋迦也不能作為祭果。

常聽人說：「心誠則靈」、「敬鬼神而遠之」，中國七月鬼節卻充滿神秘與懸疑，我們在這特殊的節日裡，還是「寧可信其有，不可信其無」吧！

（筆于二〇二〇年九月二日中元節 山城之夜）

感應的經驗

某次因緣從寺廟恭敬請回一本厚厚之的善書—玉曆寶鈔，我與妻日夜爭閱，正如序中所言：「冥冥之中，不可思議的事非常的多；並非不符合科學原理，只是目前的科學無法證明而已。」自幼及長，我個人或許是體質特異，感應靈異之事有數樁，曾在早期的拙作心之航中附錄靈異篇，出版後頗受讀友喜愛，甚至購買向隅，今在此書隨緣隨筆中再簡單補述幾樁自己確實感應靈異事跡，資供讀友參考分享。

其一：民國五十年我就讀屏東縣潮州小學時，晚上常要步行到老師家補習，當年偏地沒路燈，摸黑回家，某晚途中經一荒廢池塘，週邊雜草叢生，風吹草動，突見兩矮人先後跳入深水池塘，激起一陣水花後即無影無蹤，心中既驚又怕，在黑夜中狂奔回家，後來經附近人家證實說，那是「水鬼」經常會在晚間出現嚇人呢！

其二：民國五十五年唸新竹縣立芎林初中三年級，某日正在校集訓田徑，準備參加新竹縣中學運動會徑賽，在兩百公尺比賽時，我一路領先，但到轉彎處時，我突然停下，在原地踏步，似乎感應到病危的胞妹在呼喚我，我即刻向學校請假，騎著破舊腳踏車飛馳回家，見到一群人擠滿小屋子，胞妹的遺體剛從醫院載回，暫放在地板上，兩眼似睜開著，我頓失胞妹痛不欲生，口中喃喃，請她安息，並輕輕撫摸著她臉，他雙眼即慢慢闔上，「頭七」時，我猛烈感應她回家來，家中所養之土狗「哈利」不斷在她靈位下哀鳴，前腳站起旋轉好一會，晚間我夜讀準備高中聯考，她靈堂不時發出聲響，我害怕無法靜心看書，母親要我拿香拜，並告訴她請她安靜，別影響我準備考試心情，說也奇怪，之後就沒聽聞嘈雜之音，連續幾天我也聞到屋內有屍臭味，還有濃濃的燒香味，我感應到亡妹回來看家人了。

其三：民國六十二年唸東吳大學四年級，某日清晨陪一位郭姓學妹到北投地獄谷遊玩，附近有一知名的防空洞，人稱「地獄洞」，呈「ㄇ」字形，長度約三十公尺，寬度僅容兩人並肩同行，洞內陰冷而潮濕，兩側黃土鬆垮，平常遊客進入探險時，均需要手電筒，真是亦步亦趨，寸步難行。當日，我們並無準備手電筒，學妹又執意要進去探險，我只好硬著頭皮帶她進去，一前一後摸索前進，當走入半途時，突驚聞前方一公尺處的洞壁上傳來男孩一陣淒慘的閩南話嘶喊「媽，我在這裡有夠痛苦啊！」我先是一愣，突然感覺有一隻手在黑暗中攀搭在我左邊肩膀上，我著實被嚇了一大跳，即刻向跟在我後方的學妹問道：「我左肩上那隻手是否妳的手？」只聽她不停顫抖地說：「是的，那是我的手，剛才那聲音……。」面對這迷離困境，我將學妹半拖拉地衝出洞外，並到附近派出所報案，說明遇到的情景，值班員警告訴我們不久前有兩幫不良青少年在附近談判打群架，其中有一人躲入該防空洞，另外一人則從後持刀追殺進去，最後把人刺死在洞裏，或許因此他靈魂就停住洞裏。多年後，我帶著妻子、誼妹及兒女前往地獄谷重遊，只見那防空洞兩邊洞口已被水泥密封住，防空洞上方多了一座伯公廟，我想用意非常清楚了。

其四：民國六十三年大學畢業，抽中金馬獎，到馬祖服兵役，西莒是一座孤荒的戰地小島，剛移防過去，離我們連部附近約五十公尺處，有一間圓拱狀掩體小碉堡，聽說這碉堡半年多來一直沒人敢進駐，我徵得連長同意，一個人搬進碉堡，方便處理公文與寫稿。朱姓連長一開始有所顧忌，不表同意，由於我的堅持請求，就安排一位魏姓傳令兵與我同住，但傳令兵整晚鼾聲不停，吵得我徹夜難眠，翌日，被我請回本部。說真的，一坪多的碉堡裡，只有一張床，一張桌及一支電話，兩個人真的夠擠，連長無奈，只得同意我獨居，但也提醒我那碉堡有點「不乾淨」，如果發覺不對勁，要立刻搬回本部，我有點鐵齒不信邪，對長官的好意叮嚀反而不很在意。

第二天晚上查完哨回來碉堡，把上膛的卡柄槍緊放在床邊，把未寫完的稿紙及原子筆放在靠床的小桌上，已是深夜一點多，躺在床上正昏昏沉沉快入眠時，突然桌上的蠟燭光自行熄滅，一整個碉堡充塞著一股股陰森寒氣，我不禁打個冷顫，朦朧中看到桌上的原子筆在稿紙上來回移動，正覺訝異時，突然「轟」的一聲巨響，直覺以為有狀況，迅速拿起上膛的卡柄槍奔出碉堡，連喊幾聲「口令」，說也奇怪，碉堡外無聲無息，明月高掛，我滿頭霧水，有被戲弄的感覺，想想或許在前線作息緊張，晚上太敏感的原因，才有此錯覺吧，心中自覺好笑，管他的，累了，回到碉堡，掛好槍枝，就呼呼入睡，一覺到天明。

進入碉堡第三天晚上，我請一位邱姓士官陪我同眠，突然，燭光自動熄滅，有如昨夜情況一樣，一股陰森寒氣襲來，桌上的原子筆兀自移動著，在兩人同蓋的軍毯裡，我感受到邱士官兩腿不停發抖，我悄悄告訴他：「眼睛緊閉，不要多想。」話剛說完，「轟」的一聲巨響，直把邱士官嚇得跳起，拿起槍枝衝出碉堡，大喊「口令」，依舊如昨夜一般，月明星稀，寂靜無聲，我說：「睡吧！明天還要出任務呢！」我睡著了，邱士官可睜眼抖到天亮呢！

後來我搬回連部並請示連長為何有此怪事，連長還誇讚我的鎮定與應變能力，於是把實情告訴我，原來，在半年多前，這間小碉堡是前部隊一位管薪餉的財務官辦公室，只因這位仁兄好賭，把部隊的薪餉拿去賭完，上級查明，除要送軍法審判外，還要追討這筆數目不小的公款，這位仁兄家貧，一時情急，在夜黑風高的一個晚上，用卡柄槍結束了自己的生命，連長接著說：

「你可以帶幾個兵去把碉堡內的床鋪搬開，看看有何發現？」我帶著兵去碉堡內把床鋪移開後，猛然看到牆角處，有一灘血跡在那。當日我們全體官兵準備一些祭品祭拜這位仁兄，祝他能早日超生，當日正好是中元節，也就是民間俗稱的「鬼節」。

其五：民國七十七年，我正服務於苗栗縣通霄鎮民眾服務分社，因為工作關係，無法每日返家，有時因應酬或開會，難免到晚上九點、十點，我就會住在與辦公室緊連的主任宿舍，宿舍因年久失修，我平時很少夜宿。某夜因應酬喝了點小酒，不宜開車回苗栗住家，於是打了電話給妻，晚上我就自個住宿辦公室，當睡到半夜時，總覺得隔壁小客廳很吵，似乎有多人聚集在開會，我躡著腳步，輕輕地到客廳門口，貼著門傾聽，裏面喧鬧聲不絕於耳，我猛地把門推開，卻空無一人，聲音也頓時戛然而止，我想是我自己有點醉吧，於是又躺回隔壁床上睡，過了半小時，小客廳又有嘈雜之音，吵得我無法入眠，我又悄悄地走到客廳門口，聲音依然嘈雜，只是聽不清在說什麼，我再大膽地推開門，又是空無一人，靜寂無聲，於是我對著空蕩的客廳，誠懇地說：「各位前輩，打擾了，我明天還要忙著上班開會，可否讓我安睡？」說也奇怪，直到天亮也不再聽到雜音了。

俗話說：「暗室虧心，神目如電；人間私語，天聞若雷。」可知：天理難以欺瞞，而鬼神無時無地不在鑒察善惡，有人因一念的誠善，就暗中眾神賜福，有人因一念的邪惡，就明顯遭天譴罰，此無他，善惡只在心念之間而已，佛教所說：「欲知前世因，今生受者是，欲知來世果，今生作者是。」既然有因果有六道輪迴，我又有以上多次的感應靈異，我開始學習讀佛書，唸佛經，不殺生，護生而放生，希望摯友們一同行善淑世，累積功德，利益眾生，則是喜也，是福也。

（筆於二〇二〇年九月九日 山城之晨）

母親之淚

猶記得民國九十年八月中旬，筆者參加台師大暑修國研所之雲貴十二日旅行，在邱燮友及廖吉郎兩教授帶領下，同行的有鍾隆榮、林金月、林世明、陳昭瑜及寶眷好友共二十八人，邱教授更於整個旅遊途中即景為詩十餘首，其中所寫「娃娃谷」盈淚成詩行，感人肺腑，敘述貴州山溝的貧困小孩最可憐，只好找洋婆子來認養，心酸的父母親手將心頭的肉，捧給一對陌生的父母，孩子在哭鬧喊著「我不要走」，電梯門關上，母親與孩子的淒厲哭聲不絕於耳，我們親眼所見，親耳所聞，眼淚也不禁流下，距今近二十年仍難忘懷，也再度沈緬於童年時，我母親的哭聲，令我斷腸。

印象最深刻的，家居屏東縣潮州鎮，當年不滿四歲的舍弟有山，某日吃了一片有毒西瓜（奸商將紅色藥水注入西瓜），讓西瓜更鮮紅好賣，舍弟上吐下瀉，家人急急送醫打針，舍弟此時已輭弱無力，幾近昏迷，打針亦無疼痛或掙扎反應，只見母親在醫院呼天搶地，感動了鬼神，讓舍弟終於醒來。

第二次深刻感受母親淒愴的哭聲，是她喪女之痛，舍妹瑞暇十五歲因病過世，又逢家境困頓，對舍妹之病情，原不至於喪命，在民國五十年代醫療不發達，偏偏又遇到沒有執照的庸醫，濫打盤尼斯林，讓舍妹枉死，甚且在屋後被法醫開腸破肚驗屍，母親喪女的悲慟哭聲，連續好一段時間，比「慈烏夜啼」更讓人心碎。

第三次是父親的過世，頓失終身良伴，雖然平時吵吵鬧鬧，突然的噩耗病逝，在署立新竹醫院躺在母親的懷裡，那種切膚之痛的哭喊，我們子女除了安慰母親也只能陪著泣淚，天人永隔的悲愴，唯有當事人方能深刻體會啊！

反觀國內外發生天災地變人禍時，時會激發人性的悲憫，一掬同情之淚，佛教所謂「無緣大慈，同體大悲」，六道眾生的輪迴，皆可能是我們前世父母，我們除了要戒殺生外，更要能夠放生，護生，甚至於響應佛教所提倡的茹素，方是愛護地球萬物的具體實現吧！

（筆於二〇二〇年九月二十日 山城之晨）

第六輯　慈悲的菩薩心

心中那把土

俗語說：「親不親、故鄉人」，「甜不甜、故鄉水」，也有說「人不親、土親」，流浪或在外地工作的遊子，對自己生長的地方，可以說會有深刻眷戀。東晉 陶淵明的《歸園田居、其一》「少無適俗韻，性本愛丘山。誤落塵網中，一去三十年。羈鳥戀舊林，池魚思故淵。開荒南野際，守拙歸園田，方宅十餘畝，草屋八九間……。」更能反映出這種心情。

鄉土，讓人感覺是溫馨的多，象徵著母親對遊子的叮嚀與呼喚的愛。原鄉也好，故鄉也罷，家鄉也是，有些人遇到天災、地變、人禍而流離失所，或居無定所，有些人為了工作、學業及理想，而離開家鄉，負笈遠走他鄉，希望有朝一日奮鬥有成，能榮歸故里，衣錦還鄉以顯父母，不是嗎？如果官場不如意，事業不順利，尚可回故鄉老家過過歸園田居的農村生活，如同回到母親的懷抱，傾訴紓解在外地委屈與挫折的心情吧！

我個人從出生至今七十載歲月中，在本國居處過幾個地方，服務過幾個縣市，甚至於也到外國他鄉或中國原鄉尋根交流，在心中我皆認為是我的「故土」，我會隨著因緣舊地重遊，尋找我思念的鄉土，縱使時間已變，人事已非，但空間依然存在，那些地方、那些機關孕育過我的生命，滋長過我的生活、撇開政治，即是我的母親。再如唸過的學校，稱母校，不管畢業走出校門，表現傑不傑出，回到母校開校友會、同學會，母校皆會伸出熱情的雙手，擁抱你我學子的歸來呢！

俗語說：「每個人心中有一把尺」，是的，「每個人心中也有一把土」，這也是牽涉到認同的問題，我們所居處的地方或服務過的機關，有可能讓我們溫馨懷念，也有可能讓我們難過心碎，要如何定義，也要靠我們心中那把尺了。

（筆于二〇二〇年十月五日 山城之夜）

義母與我因緣

我慈悲的義母九十五高壽往生，猶記得她老人家似乎有「預知時至」預感，去世前三日，突感身體不適，自行於天母芳妹府沐浴如廁淨身後，家人送至附近北榮總住院，那兩日我心不定，多所牽掛，芳妹來電，僅報平安，我即未在意，隔日，我與妻上午七點半開車準備至北榮總回診，並欲探視病中住院之義母。

豈料開車北上途中，芳妹連續來電謂義母病危，在彌留階段，要我即速趕至醫院見最後一面，無奈我開車陷於車陣中，請妻在電話中安撫芳妹之悲慟。上午九點一刻，好不容易車抵北榮總地下停車場，卻停滿了車子，此時芳妹又急急來電，只怕義母不能等了，奇妙的是，接完電話後，有一部車剛駛離，我迅速停了進去。管不了自己的病情，拉著妻的手，快速衝入電梯至中正樓九樓，義母幾分鐘前剛斷氣，全家姊弟妹跪念佛號，義母應是在我抵達醫院，停妥車子後即離世，她神識猶在，聽得到我對她內心的呼喚與懺悔的吶喊！

回顧民國八十三年，因阿芳的因緣，認了她父母為義父母，之前聽一位命理師說，我命格裡有義父母，對我前途大有助益，更何況義父早期在故鄉苪林任職分駐所所長及戶政事務所主任，家父則任地方民意代表與鄉農會理事長，同樣奉公守法，為民服務。義母與家母相見如姊妹，義父母之子女皆非常爭氣，有企業家、警察、老師，女婿有將軍及高級工程師，一家人學佛，真是佛化家庭，加入這家族前，妻子已學佛多年與小妹阿蓮皆茹素，也是慈濟委員，我學佛不精，但也受義父母感化頗多，或許是前世的因緣吧！

義母長我母三歲，我母九十一歲辭世，義母九十五歲往生，兩位老母親生前每來苗栗，我夫妻皆會安排至縣內各著名寺廟參訪禮佛。明年義母一百零三歲冥誕，家母百歲冥誕，我與妻、芳妹也正邁入七旬，偶而也會同往過去陪老人家膜拜的佛寺，如慈濟苗栗園區、佛頂山、九華山、仙山、法雲寺、弘法院及法寶寺等，經過之處，總會激起無限的思念與記憶，只不知我們年紀也已漸老，子女們會安排我們去何方呢！

猶憶起義母九十大壽時，阿芳伉儷帶頭出版戀戀春暉一書，蒐集了子孫對老人家的孝順與感恩之情，令人感動不已，近兩年來，兩位慈母多次在我夢中出現，家母在夢中的叮嚀是「為家族好好打拼爭氣」，義母在我夢中的呼喚則是「你身體好嗎？吃飽了沒有？」如今我雖也邁入中老年，聞之仍不免淚沾襟哩！

我山城寒舍除浮貼了不少親友的書畫與照片，也蒐集了義母在世時贈送我不少的古物，例如磨石、日本瓦、佛珠及冬天特別為我縫製的圍巾與棉襪。佛教的因果通三世，我們有一世可能是一家人，只是家庭成員的角色不同罷！

（筆於二〇二〇年十月十日 山城之夜）

戀戀母校——竹東高中

欣逢我母校竹東高中七十五週年校慶，回首民國五十六年～五十九年聯考進入母校就讀，印象中，那是刻苦樸實的年代，也是黑白的年代，不似如今的校舍軟硬體設備齊全，校風與特色亦在歷任校長努力下，方有如此令人傲視的成就。如今我這屆光復後第十屆畢業的同學，皆已進入孔子所謂〈七十而從心所欲，不踰矩〉，進入白髮皤皤或童山濯濯的老人，所能夠懷念的仍是如此的沉重與美麗的夢想呢！

我那個年代，晴耕雨讀，幾乎沒有星期假日，農村社會普遍窮困，家人讓你唸書，你就得感恩家人好好珍惜，我住芎林，當年沒有竹林大橋，我們摸石過河或走木板搭的便橋，遇颱風雨，溪水暴漲，還得約幾位男同學一塊撐竹筏渡河。記得有一年颱風來襲，又逢學校月考，一位女同學在撐竹筏過程中，不幸掉入滾滾洪流中，直到一星期後洪水褪去，才被人發現屍體，令人慘不忍睹，渡河危險，我們也會騎著老舊腳踏車到橫山鄉九鑽頭，搭了小火車到竹東，再行路至山坡上的學校，進入教室早自修。不似目前交通的便利，當年大學聯考，錄取率較低，約為百分之十幾，一試定江山，在那傳統社會及資訊匱乏的年代，除了苦讀依然還是苦讀。如今受少子化衝擊及多元化入學影響，不用擔心沒學校唸。但仍希望家長與子女在畢業前，一同探討研究自己志趣，且能為國所用的熱門科系，免於大學畢業走入社會，遇到不可逆的失業。

我個人喜好文學，高二時受到袁枚祭妹文影響，因小妹十四歲病故，心痛之餘，模擬寫了篇賺人眼淚的小品「安息吧！妹妹。」登載在校刊竹東青年上，一直到考上東吳大學中文系，開啟了我寫作的興趣，在職場上從事社會與教育工作，累積一些能量與經驗，三十多年來出版了二十本新詩與散文，也榮獲全國多次文學獎項。路是人走出來的，請在校學弟妹們一定要把握求學的黃金時段，避免荒廢學業而偏於嬉樂。再次祝我母校校運昌隆及學弟妹們努力進德修業，為校爭光榮。

（筆於二〇二〇年十一月十二日於苗栗山城）

七十隨筆

今天乃農曆九月二十七日，又逢閏月，正是國曆十一月十二日，亦是我個人滿七十歲，對著「七十」，我心中充滿了惶恐與期待，因為人生七十才開始，即如孔聖所言：「七十而從心所欲，不逾矩。」回顧七十之前，我於社會中受到一些政治思想汙染，在心靈上也蒙塵不少，我雖魯鈍未能及時開悟，但也希望能如宋朝的茶陵郁和尚所寫的一首開悟詩：「我有明珠一顆，久被塵勞關鎖；今朝塵盡光生，照破山河萬朵。」

受了張俊生主任大老於八十歲時，其子女為他編寫的「父親的上半場」一書影響，感覺全身充滿了正能量，如今已逾九十有四歲的他，依然生龍活虎，精神奕奕，是指點我人生方向的明燈，是支持我永不服輸的勇者。前些日，我與妻商議，謂七十之前，我未曾鋪張作壽，頂多請子孫回家買個蛋糕，唱首生日快樂歌，沒特別意義。今年七十，我該犒賞自己，但也不可鋪張，在台灣官姓宗親顧問團聯誼會首席副會長有文堂弟的積極發起，決定這天邀請顧問團聯誼會幹部暨眷屬在寒舍會館席開兩桌，並邀請全國劉姓宗親總會榮譽副總會長炳均伉儷及我結拜二十多年一路情義相挺的誼弟景良執行長伉儷同來見證與祝福！

過去請客多在餐廳，單純方便許多，但這次為了更誠意與溫馨，妻決定自己下廚並召回台北開餐廳的兒子俊良與媳婦思佳協助，而我個性是凡事「實事求是」，而又是比較緊張敏感型，規劃後開了菜單，市場跑了數回，希望做壽此日，能使賓至如歸的感覺。自今年三月二十八日寒舍「官氏會館」揭牌後，即有許多宗親及友人會來促膝長談，或寒夜客來茶當酒，我希望全國成立幾個官氏會館，凝聚宗親力量，在大企業家兼慈善家有文的深謀遠慮下，能逐步成立「官氏集團」，這是努力的契機，更是官氏子孫的希望，如同大煊顧問所演講的「許一個熱血希望的台灣未來。」我深信這是可期待的。有遠見的有文堂弟，與我有「落地為兄弟，何必骨肉親」之相同人生價值觀與宗親使命感。

七十歲這日清晨，我淨身沐浴後，恭敬地在佛堂念一部「觀世音菩薩普門品」迴向給我家人及親友，許多煩瑣雜事皆由妻一人張羅打理，我則在旁協助，當壽星簡單，但廚房事可不易，過去自己總以為「君子遠庖廚」，如今方知在家辦桌請客之難為，雖如此，我們仍依序準備妥當，各地宗長也先後於上午十一點半前抵達寒舍，我將宗長帶來之壽桃及劉主委炳均致送的紅棗、壽麵，在佛堂供桌上祭拜，虔誠地向諸佛菩薩與官氏歷代祖先祈請護佑。俟中午在中庭會餐後，再將此加持過的禮品分送給前來祝壽之親友帶回分享。

會館準備了餐前水果、糖點，陸續前來之宗親如有文首席副會長伉儷、威政副會長伉儷、鎮豐顧問、有河顧問伉儷、有沐首席顧問伉儷、大煊顧問、政鈞副總幹事及特別嘉賓劉主任委員伉儷、原執行長伉儷及何總等。午宴間杯觥交錯，此為我個人之壽宴聚會，充滿了喜悅與溫馨。當然，我今日是主角，是壽星，幾杯烈酒入口化作歡喜淚是無可避免，妻及子媳也禮貌地向各位宗長嘉賓敬酒一巡。下午兩點歡喜大合照後，即互道珍重，各自賦歸，期待再相逢。

（筆於二〇二〇年十一月十二日 山城之夜）

菩薩保佑

正欣喜度過人生七十時，滿腦子是台灣官姓宗親顧問團及龍影文訊季刊社顧問團的延聘作業，許多摯友要我學習放下，安養天年，只是個性使然，使命感與責任心讓我停留在年輕氣盛時的「捨我其誰」的革命精神，殊不知「心有餘而力不足」，反而在榮耀的光環下，苦了妻與摯愛我的師長與親友。

今年十一月廿三日下午四時半，正是上班族下班與學生放學，人車極多的時候，我想著家裡豢養數十年的四隻觀賞雉雞如白背鷴、日本雞、金雞及新加入的富貴雞。自養育三十五載的「小龍」老死近一年來，這些觀賞雞成為我與妻另種的精神寄託，雞舍的清掃與餵食工作，多由我全權負責。那天照例騎了機車赴黃昏市場，撿拾一大袋高麗菜葉，喜孜孜地沿著苗栗市中山路慢騎返家，豈料接近中山路盡頭，旁邊巷口突然竄出一輛藍色小貨車，並快速無預警倒退，我反應不及，撞擊一聲巨響，我倒臥地上，半身滑進其貨車底，頓時四周沒有聲音，我在車底感受一陣天旋地轉，幸安全帽救了自己，腦海裡閃過家人及一些未完的工作。肇事者年歲與我相近，很有責任地將我慢慢拖出車外，我責怪幾聲後，他也不斷道歉，請他幫我將機車扶起尚能發動，看無大礙，也無報警處理，意思意思拿了對方伍佰元壓驚，我們即各自離開。

回到家已近黃昏，疾疾地用手機請妻出來，將菜葉與機車牽入會館車庫，這時我癱坐客廳，方覺得左側身及大腿開始陣陣劇痛，急忙請妻打了電話給誼弟景良，開車送至大千醫院急診室，經一番手續及多樣檢查，發現左胸筋骨兩根撕裂傷、左胸、左大腿擦挫傷，不良於行，經打止痛針後，被留在急診室觀察，因缺病房住院，經與醫師商量讓我就近回家觀察，幸好無特別嚴重跡象。翌日即轉至診間看診敷藥，療程約需一星期多，經一個多月觀察及休養後，已逐漸復原中。

在車禍休養期間，感恩至親摯友來訊關心，有責怪我的疏忽大意，有慶幸我的大難不死，摯友秋旺傳給我一則訊息，說他當天（十一月廿三日）早上參加小學老師的告別式，一甲子師生情緣徒留追憶，感觸頗深，並引用印度詩人泰戈爾詩：「讓生麗如夏花，死美如秋葉」。及禪師說：「讓生如水之淡，死淡如其水。」其實人都要活在當下，珍惜未留空遺恨，我恩師前台師大教育系李春芳教授也在事後鼓勵安慰我說：「正如真善美影片中所說的：越過每一座山峯，涉過每一條小溪，追隨每一道彩虹，尋找合適走的路，在人生每一個時刻。」

現任益伸集團董事長的堂弟有文，知我車禍也異常緊張，即刻到府關心，但他轉個念告訴我，「我們皆在世間法修行，對宗親使命及社會的關懷，必讓您避凶趨吉，重業輕受。」感恩炳均大老伉儷次日即來探視及學佛的費老師、洪安峰教授及誼妹錦芳等多位在家幫我念佛迴向，祈求菩薩保佑。這些日也感恩王里長夫妻、李主委、禮雲兄、娘家嫂子、黃金兄、榮宗兄、淨雲、商鼎數位出版公司廖董賢伉儷，陸續前來寒舍關心探望，除了感恩還是感恩，幸未傷及右手，故在夜燈下，書桌旁，能草草隨筆。這段車禍奇緣，也讓我深深體會，摯友及文友的情義，縱使尚有一口氣，也希望寫下去，畢竟上蒼有愛，大地有情，人間有義，除了讓我與妻不離不棄，更珍惜好運良緣外，能繼續邁向美麗的人生及慈悲喜捨的菩薩道吧！

（筆于二〇二〇年十一月十三日 山城之夜）

2

新詩

浮動的歲月

影劇是否扮演你我他
童少　青壯　中老　遲暮
苦旦　花旦　老旦
時光隧道中流轉一世
再從耆(ㄑㄧˊ)宿　耄(ㄇㄠˋ)耋(ㄉㄧㄝˊ)　期頤
退轉至　垂髫(ㄊㄧㄠˊ)　鶴髮　禿頭
瀟灑世間繞境一圈

情緒是否牽動你我他
喜悅　怒怨　哀傷　樂意

男男　男女　女女　婚姻制度中混淆一輩
再從　倫理　道德　修養
回歸至　夫妻　兄弟　姊妹
時尚社會流行一輪

生活是否代表你我他
親情　愛情　友情　人情
摯友　親友　文友
文藝領域中融合一塊
再從　文字　光影　音符
揉合至　文學　藝術　美學
亮麗日子回顧一生

（筆於二〇二〇年五月四日　文藝節）

山中之頌

沒有一曲流觴的浪漫
只有一條彎彎的道路
曾經是林蔭下
美美的綠色隧道
讓多少學子
穿梭在校門底呼喊

沒有一絲凡塵的污染
只有一片藍藍的天空
曾經是山岡上

靜靜的趺(ㄈㄨ)坐禪者
讓多少的信徒
進出在寺院裡膜拜

沒有一幢豪華的國宅
只有一丘平平的田園
曾經是校園旁
幽幽的詩人山房
讓多少的靈感
流入在書齋中　發酵

（筆于二〇二〇年五月十五日　山城之夜）

追尋

熱烘烘如他年輕的情
奔馳在愛河裡
迷茫在情海中
尋找生命中漂流的那朵蓮
只是一浮萍
只是一灘死水

冷冰冰如她素顏的臉
沒有粉飾的真

沒有心機的善
沒有粧扮的美
一生等待採蜜　蜂蝶
一輩期望飛天　彩雲

靜悄悄如夜色的安謐ㄇㄧˋ
蟲兒竟如此噤聲
夜鶯也如此安詳
他不願夜色的死寂
她寧願依偎的無聲
在星月無光夜晚

甜蜜蜜如青春嶺的情侶
雨濛濛似陽明山的迷霧
在時光隧道裡穿梭
在黃金歲月中翻轉
最終的結局呵
不是夢中的名利
那是現實的情義

（筆于二〇二〇年五月二十日　山城書齋）

梅雨

連夜的暴雷
傾盆的大雨
怒吼著酣睡懶蟲
蟋蟀躲在牆角下
不因你的吼聲而噤聲
清脆地吹起安眠曲

烈日的熾光
偶而的薰風
曝晒著路邊停車
野貓躲在車底下

不因你的發動而驚逃
清晰地叫喚三兩聲

年後的陣雨
敲打著屋頂
頃刻如萬馬奔騰
洩洪在屋前通道
不是嘩啦的嘩啦聲
那是十面埋伏的樂章
我悠然地　陶醉於
山中自然的音樂廳裡
沈睡這一天

（筆于二〇二〇年五月十九日夜）

疫情何時了

「誰道惜花春起早
誰言愛月夜眠遲」
今夏赤炎炎
梅雨凌虐了高屏區
豈是南部人的宿命
疫情肆虐了國際間
豈是地球人的共業
梅雨停了　疫情未了
心中之石緩緩地放下
希望之音漸漸的響起

我們依然帶著口罩
政府依然限制群聚
你我的距離雖有隔閡
我們的情誼更會緊密
在這場沒有烽火的戰爭

（筆于二〇二〇年五月二十五日　山城之夜）

山居幽情

清晨的朝陽　晨曦
透視這一帶叢林底葉隙
光影搖曳如黑白的幻燈
夏蟬你在聒噪什麼？
驚起昨夜好眠的隱者
松鼠你在雀躍什麼？
舞動早起運動的幽人

正午的烈日　驕陽
熾熱這一天大地底萬物
熱浪直射如烈焰太陽

隱者你在嘆氣什麼？
吵醒今午休眠的蜂蝶
伊人你在吟哦什麼？
撩起昨夜星辰的雲影

黃昏的落日　夕陽
斑斕這一片西天底雲彩
落霞伴隨如孤寂鴻鳥
朋友你在吶喊什麼？
放下日夜浮動的心情
宗長你在呼喚什麼？
激發這代尋根的使命

（筆於公元二〇二〇年六月十七日　山城之晨）

何去何從

天堂與地獄啊
那是美好的憧憬
那是罪惡的淵藪
從小記憶起善與惡
長大分辨了是與非
即使是無字天書

陽世與陰間啊
那是光明的象徵
那是黑暗的圖騰
從小教育的對與錯

長大懂得了黑與白
即使是有話直說

當有一天　總有一天
孤獨踏上崎嶇的黃泉路
奈何橋的彼岸
法官是十殿閻王
法院是十八層地獄
明鏡高懸如青天
生死薄上載明壽命
功德簿上記清善惡
靈魂阿飄啊　傳說著
越過惡狗嶺　再翻金雞山

左看望鄉石　右望還魂崖
彼酆都的鬼域
分配六道眾生的輪迴
妳慧根依舊
我善根如常
妳我在不同地球板塊
不知何去何從
在呼喚與吶喊中
等待又不敢期待的那一天
（筆於二〇二〇年六月二十五日　山城之夜）

問天

小小時候肚餓時，從大鍋裡抓了一糰鍋巴，沾了些些鹽巴往自己嘴裡塞入，就算填飽了一餐，因為窮，反而有一種回甘的感覺。

小小時候肚疼了，從牆壁上的紅藥袋掏了一盒胃散，倒出一些些吞入肚裡，就算看過了病，好似覺得有藥就能得救的假象。

時空已成一條長廊
歷史已成一條長河
人世間的苦難壓迫在充滿慈悲的仁者肩上
宇宙間的未知輪轉在充滿理性的智者身上
是誰主宰了誰
是誰改變了誰

小小時候，我的淚水莫名往外流，像湧出的泉水，似準備開始
承受人生旅程中，不可逆的磨難。
老老時候，我的淚水莫名往肚吞，似囫圇吞棗般，匆匆地訴說
自己的人生故事，如西天絢麗的彩霞。
問天，我是否乘風而來，也將踏浪而去
問天，我來自何方，又將歸往何處
在不同的地球板塊上呼喚
在不同的人倫世代中吶喊
看到的、聽到的，在人群簇擁的街市、鄉野，山村……
他們只是一群陌生的過客
你我卻是一個熟悉的影子。

（筆于二〇二〇年十二月八日　山城之夜）

3

附錄

一、廣東省潮州府惠來縣尖石鄉官氏世系表

- 官氏始祖公孟一郎
  - 法行
  - 法旺
  - 法興
  - 法能
    - 觀瑤
    - 觀訊
      - 廷溶
      - 廷海
        - 卽蓮
        - 蓮峯

- 善居
  - 參元
  - 翼明
  - 起明
    - 阿尾
    - 德在
    - 簡在
      - 茂之
      - 利之
      - 周之
        - 伯能
          - 賢署
          - 賢韜
            - 汝光
  - 三樂

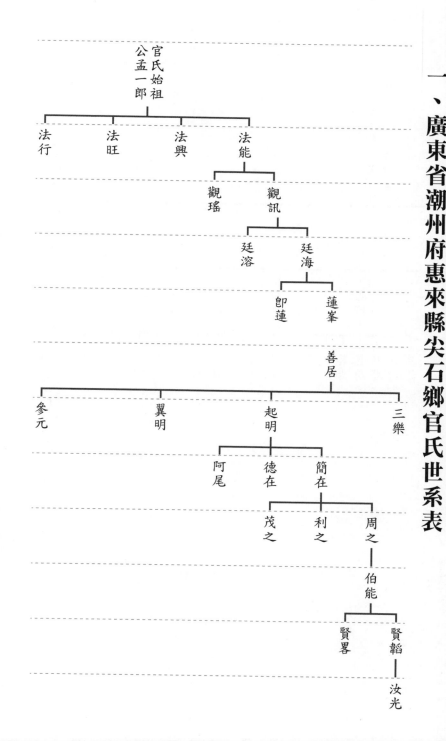

二、航臺始祖汝光公派下九大房世系表

- 航臺始祖汝光公
  - 與清
    - 志信
      - 其環
      - 其玉
      - 其才
    - 志來
      - 其雨
      - 其亮
    - 志文
      - 其惠
    - 志武
      - 其漢
      - 其捷
      - 其寬
      - 其茂
    - 志周
      - 其錦
      - 其俊
    - 志桐
      - 其發
      - 其龍
      - 其秀
      - 其勇
      - 其登
      - 其增
      - 其恭

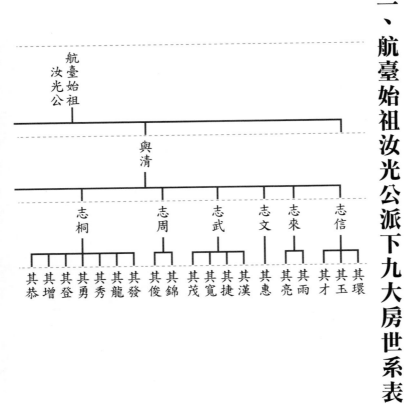

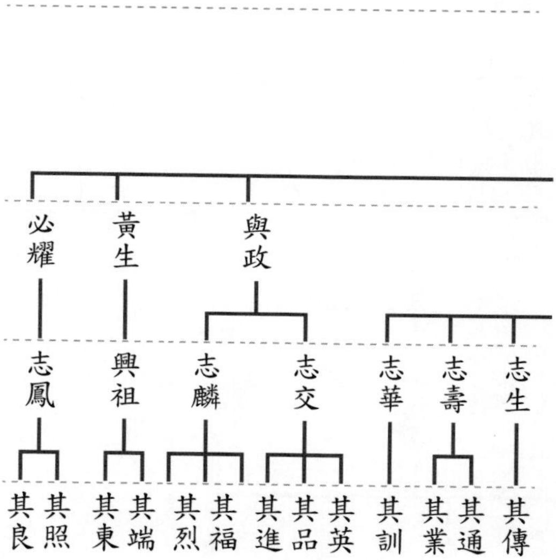
必耀
黃生
與政
志鳳
興祖
志麟
志交
志華
志壽
志生
其良
其照
其東
其端
其烈
其福
其進
其品
其英
其訓
其業
其通
其傳

官九和大房世系表

- 志信公
  - 其玉
    - 祥慶
      - 德喜
        - 有河
          - 大生
            - 振庫
          - 大福
            - 振強
            - 振彬
        - 有政
          - 大良
            - 振志
          - 大武
            - 振千
            - 振棋
          - 大朋
            - 振浩
          - 大熾
            - 振邦
            - 振賢
        - 有士
          - 大光
            - 振泓
          - 大照
            - 振義
            - 振國
          - 大學
            - 振源
            - 振豐
          - 大勳
            - 振星
  - 其環
    - 福泉
    - 祥佑
    - 祥琳
      - 德送
    - 祥輝
      - 德揚
        - 玉連
          - 大雙
        - 有為
          - 大明
          - 大昌
            - 振雄
            - 振源
            - 炳宏
            - 振坤
          - 大進

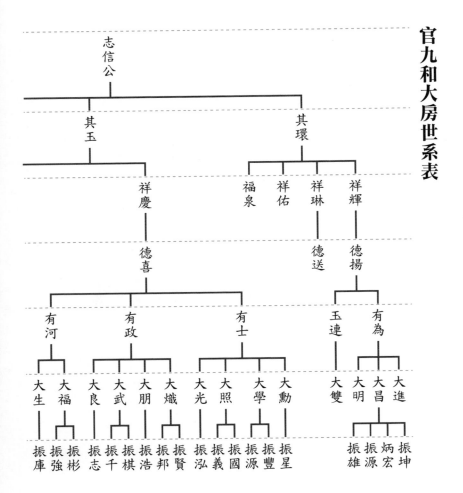

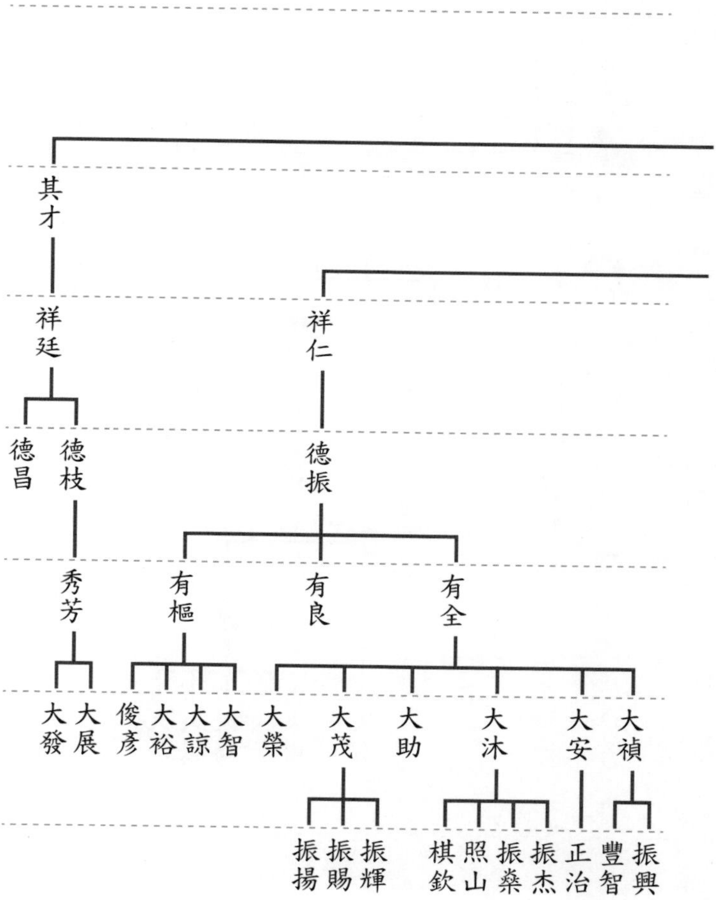
其才
祥廷
祥仁
德昌
德枝
德振
秀芳
有樞
有良
有全
大發
大展
俊彥
大裕
大諒
大智
大榮
大茂
大助
大沐
大安
大禎
振揚
振賜
振輝
棋欽
照山
振燊
振杰
正治
豐智
振興

官九和二房世系表

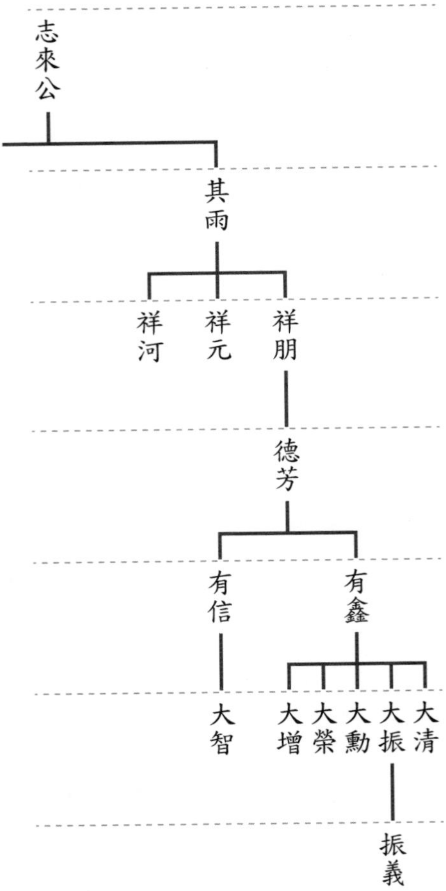
志來公
其雨
祥河
祥元
祥朋
德芳
有信
有鑫
大智
大增
大榮
大勳
大振
大清
振義

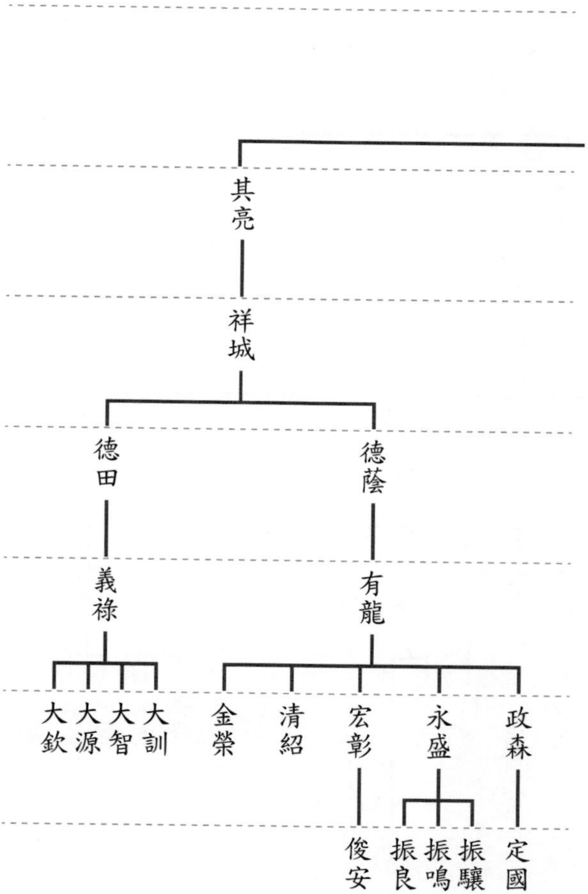
其亮
祥城
德田
德蔭
義祿
有龍
大欽
大源
大智
大訓
金榮
清紹
宏彰
永盛
政森
俊安
振良
振鳴
振驤
定國

官九和三房世系表

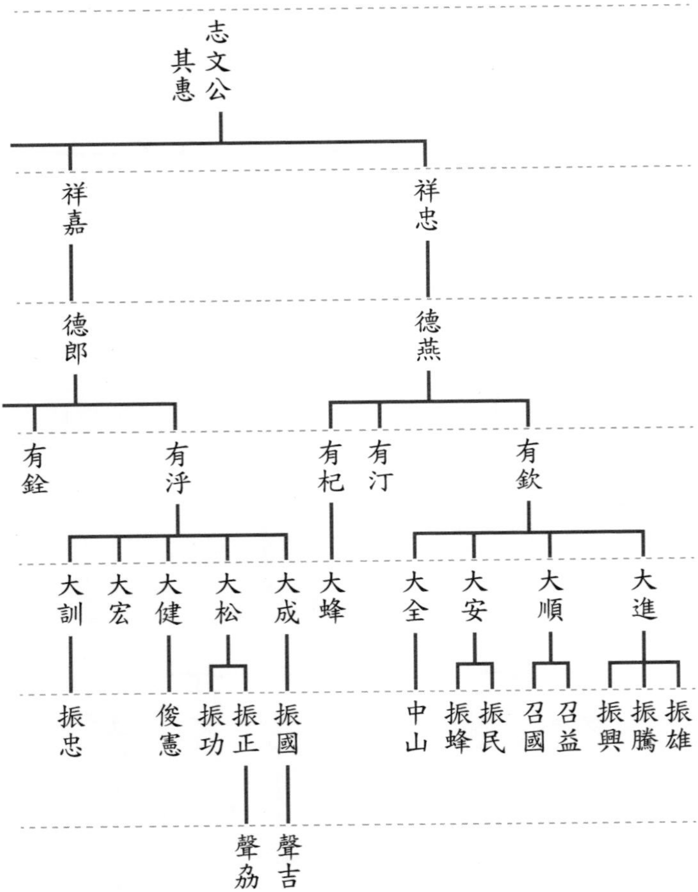
志文公 其惠
祥嘉
祥忠
德郎
德燕
有銓
有浮
有杞
有汀
有欽
大訓
大宏
大健
大松
大成
大蜂
大全
大安
大順
大進
振忠
俊憲
振功
振正
振國
中山
振蜂
振民
召國
召益
振興
振騰
振雄
聲劦
聲吉

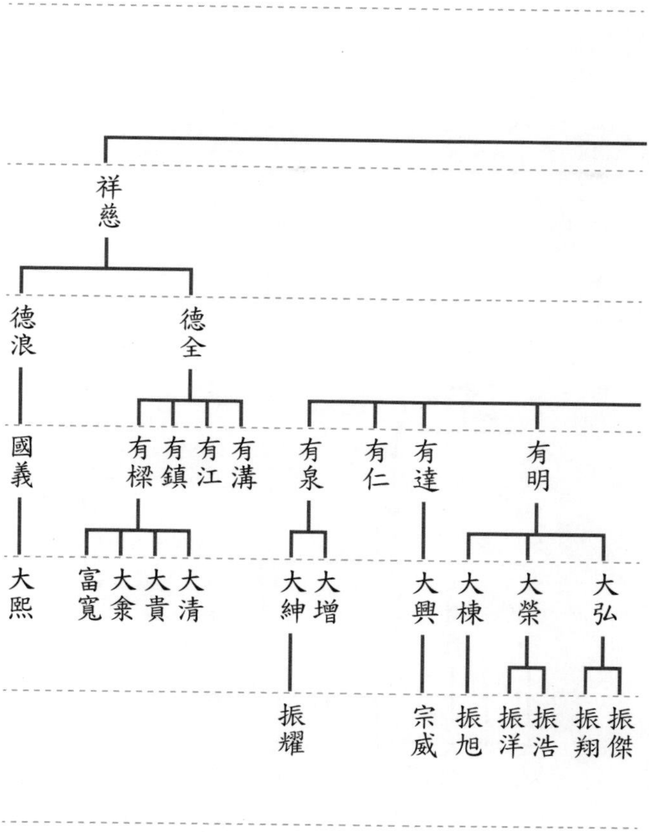

祥慈
德浪
德全
國義
有樑
有鎮
有江
有溝
有泉
有仁
有達
有明
大熙
富寬
大衆
大貴
大清
大紳
大增
大興
大棟
大榮
大弘
振耀
宗威
振旭
振洋
振浩
振翔
振傑

官九和四房世系表

- 志武公
  - 其捷
  - 其漢
    - 祥乾
      - 德松
      - 德廣
        - 有亮
          - 大斌
        - 有良
          - 大清
          - 大欽
          - 大進
        - 有伸
          - 大和
          - 大方
          - 大順
            - 振聖
          - 大興
            - 振全
            - 振安
          - 大來
            - 振生
            - 振賢
    - 祥景
      - 德潭
        - 慶妹
          - 顯萬
            - 振達
      - 德深

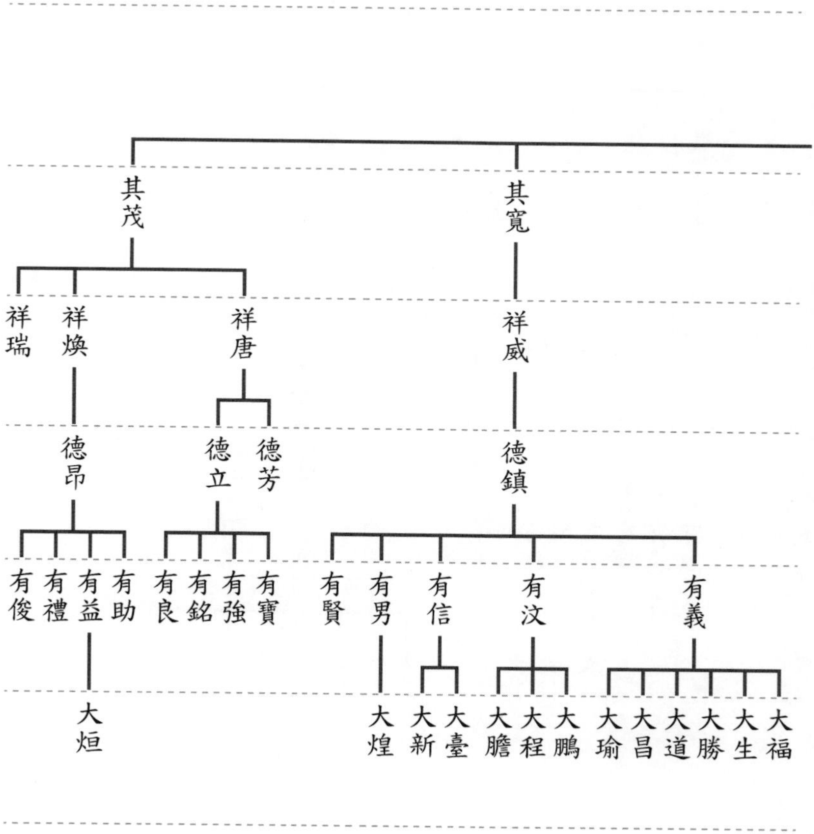
其茂
其寬
祥瑞
祥煥
祥唐
祥威
德昂
德立
德芳
德鎮
有俊
有禮
有益
有助
有良
有銘
有強
有寶
有賢
有男
有信
有汶
有義
大烜
大煌
大新
大臺
大膽
大程
大鵬
大瑜
大昌
大道
大勝
大生
大福

官九和五房世系表

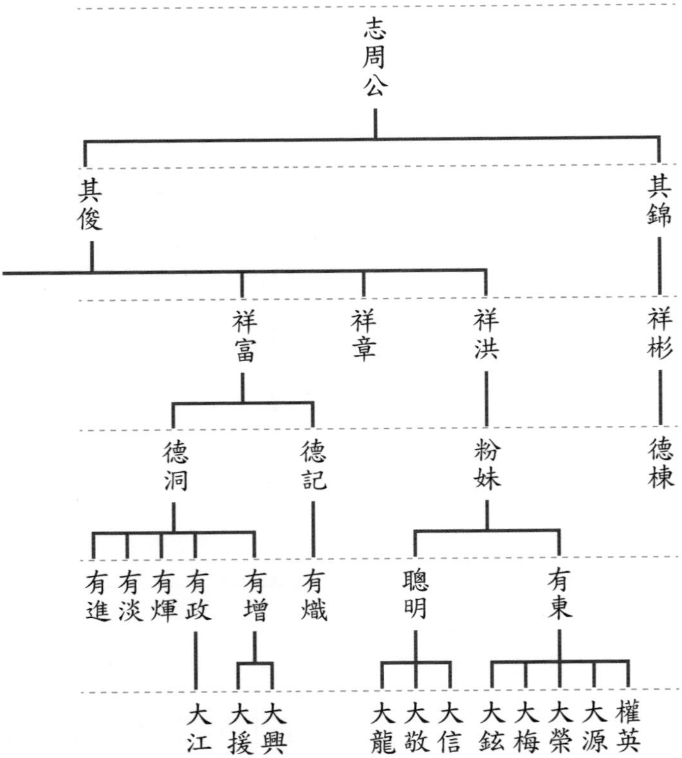
志周公
其俊
其錦
祥富
祥章
祥洪
祥彬
德洞
德記
粉妹
德棟
有進
有淡
有輝
有政
有增
有熾
聰明
有東
大江
大援
大興
大龍
大敬
大信
大鉉
大梅
大榮
大源
權英

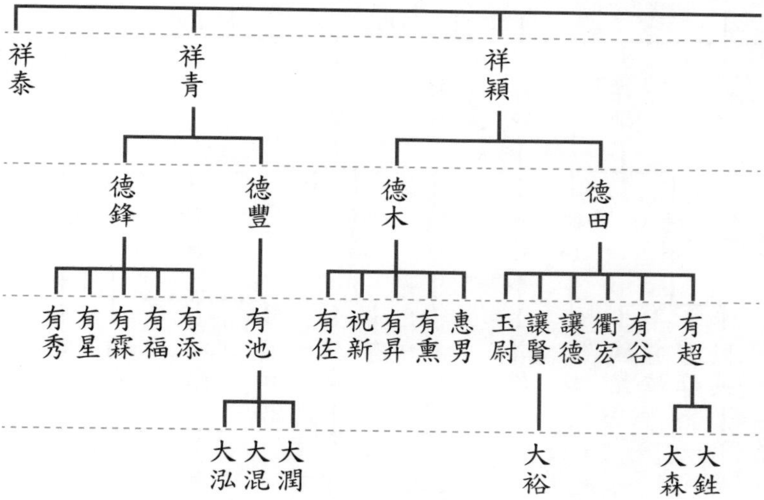
祥泰
祥青
祥穎
德鋒
德豐
德木
德田
有秀
有星
有霖
有福
有添
有池
有佐
祝新
有昇
有熏
惠男
玉尉
讓賢
讓德
衢宏
有谷
有超
大泓
大混
大潤
大裕
大森
大銈

官九和六房世系表

- 志桐公
  - 其登
    - 祥能
    - 祥康
      - 德耀
        - 鳳英
          - 大森
        - 有灶
        - 有炫
        - 炳崑
      - 德枱
        - 有棟
          - 大源
          - 大棋
  - 其勇
    - 祥鏡
      - 有妹
        - 善雄
  - 其秀
    - 祥盛
    - 祥標
      - 德善
        - 有金
          - 大源
          - 大欽
  - 其龍
  - 其發
    - 祥謙
      - 德濤
        - 有勗
        - 金友
          - 展鵬
          - 作志
          - 君宇
      - 德和
    - 祥隆
      - 德聲
        - 盛御
        - 有衡
          - 建國
          - 大煜
          - 大頌
        - 有鈞
          - 大遷
          - 大遠
      - 德馨
        - 有助

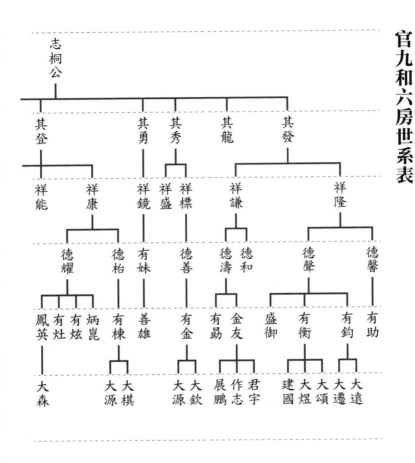

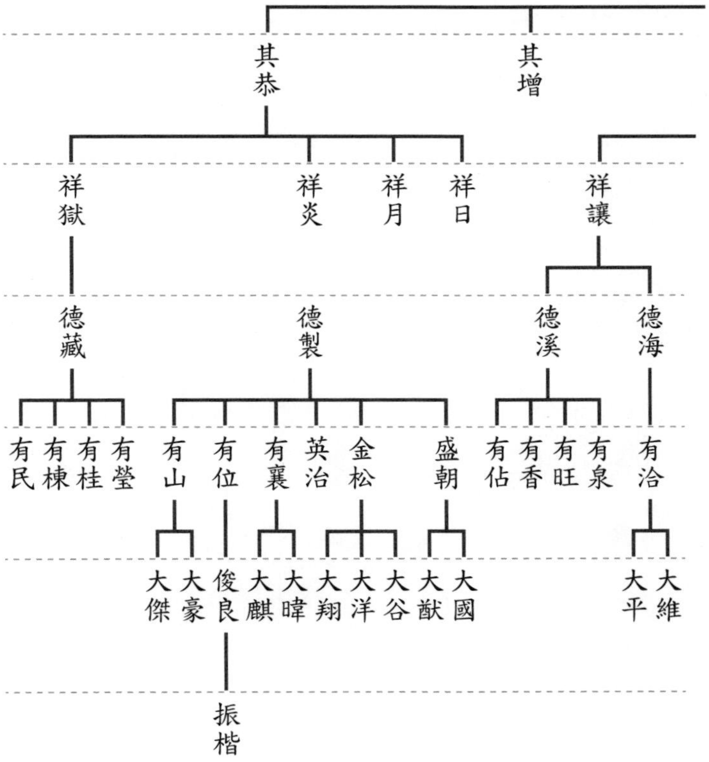
其恭
其增
祥獄
祥炎
祥月
祥日
祥讓
德藏
德製
德溪
德海
有民
有棟
有桂
有瑩
有山
有位
有襄
英治
金松
盛朝
有佔
有香
有旺
有泉
有洽
大傑
大豪
俊良
大麒
大暐
大翔
大洋
大谷
大猷
大國
大平
大維
振楷

官九和七房世系表

志生公——其傳——承鼎祥勝

官九和八大房世系表

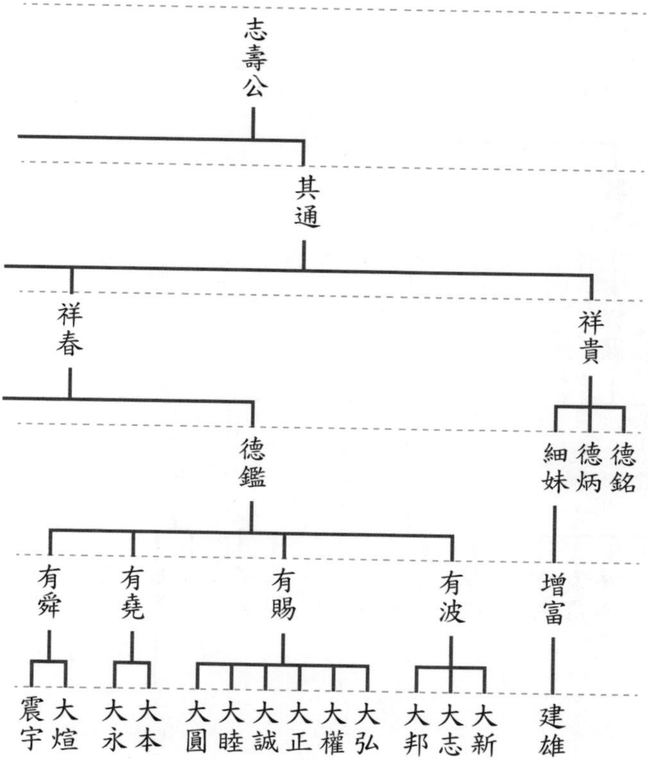
志壽公
其通
祥春
祥貴
德鑑
德銘
德炳
細妹
有舜
有堯
有賜
有波
增富
大煊
震宇
大本
大永
大弘
大權
大正
大誠
大睦
大圓
大新
大志
大邦
建雄

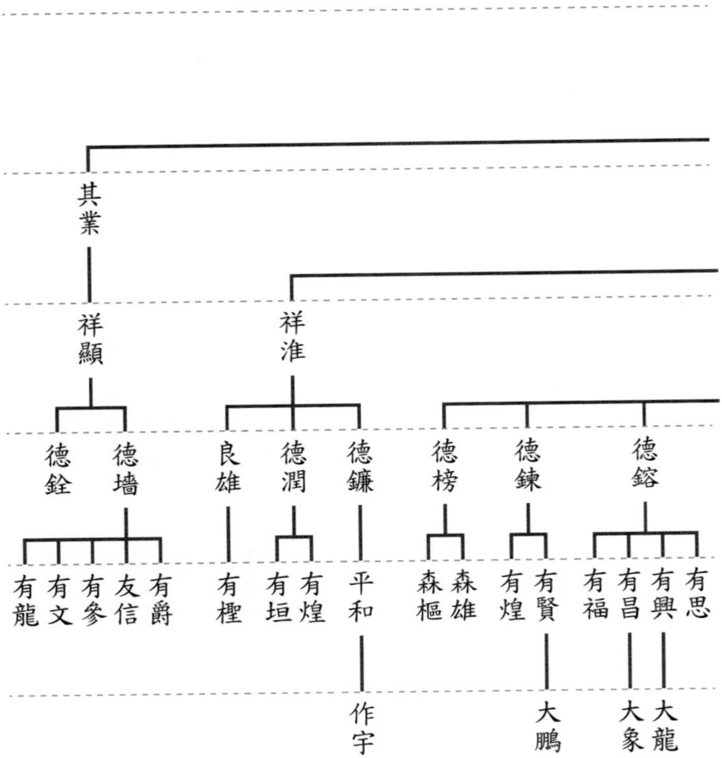
其業
祥顯
祥淮
德銓
德墻
良雄
德潤
德鐮
德榜
德鍊
德鎔
有龍
有文
有參
友信
有爵
有樫
有垣
有煌
平和
森樞
森雄
有煌
有賢
有福
有昌
有興
有思
作宇
大鵬
大象
大龍

官九和九大房世系表

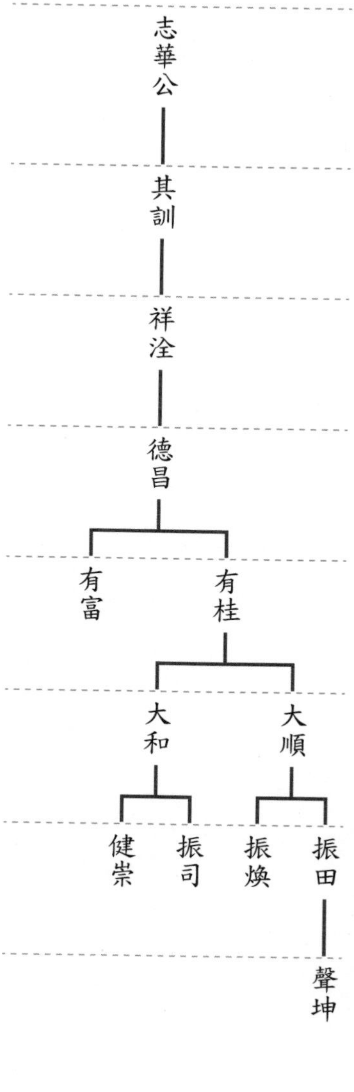

※節錄自民國一〇四年三月，十九世族裔官大熾複印之官九和世系族譜。

國家圖書館出版品預行編目 (CIP) 資料

心靈覺醒之隨緣隨筆 / 龍影作 . -- 第一版 . -- 新北市 : 商鼎數位出版有限公司 , 2021.05
面； 公分

ISBN 978-986-144-192-4(平裝)

863.4 110004861

心靈覺醒之隨緣隨筆

作　　者　龍影

龍影文訊季刊社　苗栗縣苗栗市高苗里 18 鄰木鐸山 11 號
TEL：(037)337616

法律顧問　官振忠律師（鼎益法律事務所）

發 行 人　王秋鴻
發 行 者　商鼎數位出版有限公司
新北市中和區中山路三段 136 巷 10 弄 17 號
TEL : (02)2228-9070　FAX : (02)2228-9076
郵撥／第 50140536 號　商鼎數位出版有限公司

編輯經理　甯開遠
執行編輯　廖信凱
封面設計　周威廷
版面編排　商鼎數位出版有限公司

2021 年 5 月吉日出版　第一版／第一刷